最強騎士団長の世直し旅
3
セレーナは切っ先を向けたまま忠告する。
「受け止めてみせろ」
キノリ
illustration
プピロシ

「やります！」
シルルカが杖《つえ》を振ると、
霧がゆっくりと透明になっていき――
『祭壇』が現れた。

リタが体験用の打楽器を
ポカポカ叩《たた》いているのだ。
「師匠、どうですか？」

シルルカとリタが桶《おけ》に入った。

二人は見つめ合いながらリズムを取る。

村中が歓声と拍手に包まれる。

今日一番の盛り上がりであった。

「精霊様の恵みに感謝して――」

「乾杯！」

『悪く思うなよ』

フェリクスは片手を
剣の柄から外し、大きく振った。
突如、生じた透明の銀の腕が
辺りを薙《な》ぎ払う。

CHARACTERS

フェリクス

銀翼騎士団の団長。竜魔王を打ち倒した英雄。
生真面目でよくシルルカとリタに振り回されている。

シルルカ

銀翼騎士団の幻影魔導師。魔導で人によって違う顔に見えるため「百貌《ひゃくぼう》」と呼ばれている。

リタ

騎士に憧れてフェリクスについてきた少女。妖狐の精霊クーコと契約しているがあまり言うことを聞いてもらえない。

アッシュ

銀翼騎士団の青年。フェリクスの優秀な部下。
疾風騎士の異名を持ち、仕事も早い。

キララ

銀翼騎士団の精霊使い。大精霊の言葉がわかる。アッシュの幼馴染《おさななじみ》で彼に好意を寄せている。

セレーナ

フリーベ騎士団の女騎士。
「戦乙女《いくさおとめ》」の異名を持つ英傑。正義感が強い。

最強騎士団長の世直し旅　3

佐竹アキノリ

ヒーロー文庫

最強騎士団長の世直し旅 3

CONTENTS

Illustration パルプピロシ

プロローグ　005

第九章　戦乙女《いくさおとめ》と銀光の村　015

第十章　精霊王と青の洞窟　063

第十一章　騎士団長と銀翼の過去　156

第十二章　幻影魔導師と銀の陰謀　239

エピローグ　298

イラスト／パルプピロシ
装丁・本文デザイン／5GAS DESIGN STUDIO
校正／福島典子（東京出版サービスセンター）
DTP／鈴木庸子（主婦の友社）

プロローグ

オルヴ公国北東の国境近くには、打ち捨てられた砦《とりで》があった。

東方に領地を保有する竜魔人との戦いに備えて作られたもので、この砦を足がかりに北のジェレム王国と合同で敵を攻める予定であったのだが、その実、一度も使われたことがない。

というのも、両国はともに精霊王オヴェリスを主とする精霊教を国教としているが、ジェレム王国は王立派、オルヴ公国は正教派であるため折り合いが悪かったのだ。

オルヴ公国が兵を出し渋ったのもあって、ゴタゴタしているうちに竜魔王は打ち倒されて終戦を迎え、砦は日の目を見ることなく役目を終えてしまったのだ。

その使われるはずのない砦を、やや離れた草地から見据える一団があった。

「師匠、砦からたくさんの息遣いが聞こえます」

告げるのは狐人族の少女リタ。

どこに潜んでいようとも、聴力に優れる彼女には筒抜けである。

騎士団長フェリクスは報告を聞きながら呟《つぶや》く。

「ザルツ本人と、やつを迎えに来た魔人どもか」

魔人ザルツは、セイレン海の大精霊から精霊王オヴェリスの右腕を奪って以来、逃亡を続けていた。

もちろん、ジェレム王国も黙って見ていたわけではない。総力をあげて足取りを辿《たど》り、ようやくこの砦《とりで》を突き止めることができたのだ。

(ここで捕らえてやつらの企みを暴く)

この機会を無駄にはしまいと決意するフェリクスの耳に、リタのとぼけた声が飛び込んできた。

「あれ……? なんだか魔人っぽくないです」

「なに? まさかザルツを逃すための囮《おとり》だったのか?」

「えっと、ザルツもいるみたいです。うーん?」

はっきりしないリタに、幻影魔導師シルルカが呆《あき》れる。

「前みたいに勘違いじゃないですか?」

「今度は聞き間違えないよ! 間近で魔人と剣を交えた経験があるんだからね!」

「いや、リタは連絡係だっただろ」

堂々と言うリタに、突っ込まずにはいられないフェリクスである。

とはいえ、彼女も魔人との戦いに参加していた。違和感があるのは確かなのだろう。

もっとも、ただ眺めているだけではこれ以上の情報は手に入らないから、警戒しつつも危険を承知で飛び込むほかない。

「行くか」

フェリクスが告げると、疾風騎士アッシュが傍《そば》にやってくる。

「ここから先はオルヴ公国領です。我が国とは法が異なりますから気をつけてください」

カルディア騎士団が我が物顔で闊歩《かっぽ》するわけにはいかないのだ。

フェリクスは頷《うなず》き、騎士団員たちに向き直った。

「これよりオルヴ公国に入り、魔人ザルツを捕らえる。捕縛が無理ならば、殺害しても構わない。最優先は精霊王の遺物である右腕の奪還だ」

団員らが静かに応えると、フェリクスは先頭を切って走りだした。

彼らはあっという間に砦を包囲すると、敵の反応がないことを確認。

フェリクスは数名の団員をともなって門に向かっていく。

そして彼らが突入しようとした瞬間――

「騒々しい。何事か！」

扉が開いて数名の男女が姿を現した。

フェリクスは足を止めて、素早く一瞥《いちべつ》をくれる。

（魔人っぽくないのも道理だ）

彼らは人間――オルヴ公国に所属するフリーベ騎士たちであった。

その先頭にいる女性はフェリクスを睨《にら》みつけると、騎士の誇りと鎧《よろい》を星明かりに輝かせながら歩み寄ってくる。

戦乙女《いくさおとめ》の異名を持つ英傑、セレーナである。オルヴ公国で最も有名な騎士の一人だ。

（セレーナがここにいるということは、よほどの事態に違いない）

彼女の目的が討伐ならば、ザルツはすでに生首を晒《さら》しているはずだ。しかし、やつはまだ生きている。

魔人の動きにオルヴ公国が絡んでいる可能性が高くなった。

「カルディア騎士団総長フェリクス殿とお見受けした。私はフリーベ騎士団所属セレーナである。なにゆえジェレム王国の騎士がここにいる？　事と次第によっては、領土侵犯と見なさざるを得ない」

周囲のフリーベ騎士たちがにわかに殺気立つ。強攻策も辞さないようだ。

一方のフェリクスも剣呑《けんのん》な空気に呑《の》まれることなく返答する。

「我々は魔人の追跡のため、貴国に足を踏み入れている。同盟に基づき、魔人関連のやむを得ない事情がある場合は、事前の通達なく国境を越えることが許可されているはずだ」

「なるほど。貴公らの勇気に免じて、我が国に入ったことは不問としよう。だが、これ以上居座ることは許可できない」

「なぜだ。魔人の脅威は残っている。同盟も有効のはず――」

「すでに魔人の脅威は取り除かれた」

はっきりとセレーナは告げる。

フェリクスはリタに視線を向けると、彼女は耳をぴょこぴょこと動かす合図で伝えてくる。魔人ザルツはまだ砦内部《とりで》にいる、と。

（つまり……ザルツを俺たちに渡しはしない、ということだ）

疑念が確信に変わる。

なんらかの理由でオルヴ公国はザルツを生かしたまま確保しようとしている。捕虜として情報を引き出すためか、あるいは手を組んでいるのか。

精霊王の右腕を持っていることについても、公国側は知っている可能性がある。

「ここからは我らフリーベ騎士団が引き継ぐ。貴公らにはお帰り願う。ご苦労であった」

セレーナの物言いには、有無を言わさない強さがあった。

（ザルツを捕らえる絶好の機会だというのに、みすみす取り逃がせというのか……！）

フェリクスは込み上げる激情を抑え込み、急いで頭を働かせる。

（このまま突破してザルツを奪うか？　いや、それでは国際問題になる。なんとかやつを砦の外に誘い出し、戦闘状態になったことにすれば……それもセレーナがいる以上、一瞬で制圧するのは無理だ。出し抜くには……）

彼があれこれ考えていると、隣にやってきたアッシュが切り出した。

「我々は引き下がりますが、その前に魔人の首の引き渡しをお願いします」

「できかねる」

「なぜでしょうか。我々も魔人討伐の証拠が必要なのです」

「事情はわかった。だが、すべてはこちらで管理する手筈《てはず》になっている」

「では、死体の検分を行わせてください」

「規則に従っている我々に決定権はない。もし望むのであれば、正式な外交上の書類を送るといい。そうすれば国として対応するだろう」

実際にその状況になったなら、のらりくらりと躱《かわ》して、返事をうやむやにしてしまうだろう。彼女自身、対応するとしか言っていない。検分が許可される保証はないのだ。

ともかく、なんとしてもこの場ではザルツの首を見せないつもりのようだ。

あまりにも強引であるが、ザルツが生きている以上、こちらを欺いたことになってしまうから、ほかに手はないのだろう。

セレーナ自身も見破られていると知りつつ、この対応を取っているはずだ。

もはや問答ではどうにもならない。

「いったん退《ひ》きましょう」

アッシュの言葉にフェリクスも頷《うなず》く。

しかし、この結末に納得したわけではない。

「俺たちは引き上げよう。だが、その前に一つ。……魔人を討伐し、平和を取り戻すことが騎士の使命だ。忘れてはいないだろうな？」

フェリクスが厳しい一瞥《いちべつ》をくれるも、セレーナはわずかに唇を噛《か》むばかりであった。

やがてカルディア騎士団は退いていく。両者の緊張がふっと弛緩《しかん》した。

声が届かなくなるまで距離を取ったところで、フェリクスはアッシュに尋ねた。

「ただ退くだけじゃなく、どうせなにか悪巧みしてるんだろ？」

「人聞きの悪いことを言いますね」

「素直に引き下がる性格じゃないのは知ってるからな」

「そこは否定しませんよ。セレーナさんの口ぶりから察するに、我々だけでなくフリーベ騎士団もザルツ本人にも用があったのかもしれません。精霊王の右腕だけが目的なら、魔人の首なんか惜しくないでしょうから」

「だろうな。規則に従っている、正式な書類を出せというのも、上の命令でやっているだけだということを仄《ほの》めかしている」

「もっとも、欺かれた可能性もありますが」

「セレーナはそんなに器用な性格じゃない。あいつ自身、納得できてない様子だった。『魔人を殺した』ではなく『脅威が取り除かれた』とギリギリ嘘《うそ》にならない表現をしたのは、偽ることへの抵抗感があったからだろう」

魔人と手を組むなど、あのセレーナが快諾するはずがない。

フェリクスは先ほどの彼女の表情を思い浮かべ、過去の出来事と重ねる。

かつて竜魔人との戦で共闘したことがあったが、どれほど厳しい状況でも民間人を優先するような人柄であった。少々生真面目すぎるきらいがあるくらいだ。

そんな彼女だから「魔人を保護していることは不本意である」と、フェリクスにぶつける意味もあったのかもしれない。

考えていると、狐耳がぴょんと立った。

「むむ、団長さんが鼻の下を伸ばしています」

「リタにはわかります。これが昔の女ってやつなんですね！」

「なんだそりゃ。なにもわかってないだろ」

「誤魔化しても無駄です。団長さんが女性と会話するなんてただ事じゃありません」

「ひどい！　そこまで珍しくはないだろ！」

「大丈夫です、リタは昔のことには口を出しませんから！　でも内緒の浮気はダメです！」

「浮気もなにも……誰とも交際してないんだが」

「付き合わなければなにしてもいいだなんて、団長さんはひどい男です」

「もう好きにしてくれ」

フェリクスはため息をつく。好き勝手に言われるのはいつものことである。

が、呆《あき》れ顔のアッシュがそれよりもずっと深いため息をつき、聞いた。

「……もういいですか？」

「ああ、すまん」

「さて、本題に戻りましょうか。ザルツの背後にいる大物の影が見えてきました。逆説的には追い詰めたと言えるでしょう」

「といっても……どうするんだ？　カルディア騎士団として魔人の捜索のために他国の領土内に入るのは、容易じゃないぞ」

「騎士のままでは追い返されますが、ただの観光客なら歓迎してくれるでしょう。オルヴ公国は観光収入で成り立っている国ですから」

「まったく、都合のいい言葉ばかり出る口だな」

「さあ、一網打尽にしてしまいましょう。キララさん、大丈夫ですね？」

アッシュが彼女に視線を向ける。

精霊使いであるキララは、精霊王の右腕のある場所がわかる。その力があったからこそ、ここまでザルツを追い詰めることができた。

頼りになるキララであるが――

「精霊使いだもの、精霊王降臨の地はよく知ってるわ！　オルヴ公国は名所がいっぱいなのよね。案内なら任せて！」

「観光案内じゃなくて敵を追えるかどうかを聞いたんですが」

「も、もちろんその話よ！」

「絶対違うだろ」

思わず突っ込むフェリクスである。

そんな彼の隣では、ふたつの尻尾が賑《にぎ》やかに揺れていた。

「オルヴ公国は文化的な国でしたね。文学も発展しています」

「あ、演劇も盛んだって聞いたよ！」

「リタさんにわかるんですか？　宗教的な色合いが強いので、お子様には難しいですよ」

「お子様じゃないから大丈夫だもん！」

シルルカとリタはすっかり観光の話で盛り上がっているのだった。

やがてキララまでその話題に加わってしまう。

（大丈夫なのか、こんな調子で）

アッシュと顔を見合わせつつ、不安になるフェリクスであった。

第九章　戦乙女《いくさおとめ》と銀光の村

　街道を行く馬車は、軽快な車輪の音を立てていた。

　オルヴ公国の街道はよく整備されており、馬車でも激しく揺れることはなく、快適な旅路だと言われている。

　気候は一年を通して温和であり、領土の大部分を占める平原は風の精霊のおかげで、いつも優しいそよ風が吹く。この地を訪れる者は、そんなふうに精霊に出迎えられるのだ。

「見えてきましたよ。どうです、オルヴの町も立派でしょう？」

　御者が告げると、乗客たちは馬車から身を乗り出して行く先を眺める。

　しかし頑丈そうな石造りの市壁が見えるばかりで、町の中の様子はわからない。ここは辺境の町だから防備を重視しているのだろう。

「ようやくですか。疲れましたね。んー！」

　大きく伸びをするのは、精霊教の教徒用の外套《がいとう》を羽織った女性だ。

　狭い馬車の中だから、隣で外を見ていた少女がぐいっと押されてしまう。

「むぎゅっ！　狭いんだから、気をつけてよね」

「これは失礼しました。それにしても……もう少し立派な馬車にすればよかったですね」

車内を見回せば、十数人がギュッと並んで座っている。格安の旅だから、快適さは二の次なのだ。

愚痴をこぼす少女の隣にいる青年は、窮屈そうにしつつも言い聞かせた。

「仕方ないだろ。これ以外の直近の便はすべて満席だったんだから」

「でも、たまには悪くないわ」

向かいの席の男女二人のうち、少女が弾んだ声で言う。隣の青年にぴったりとくっつきながら。

一方で青年は邪魔くさそうな顔をしていた。

その賑《にぎ》やかな五人組は、傍目《はため》にはなんてことない旅行者であるが、その実、彼らは観光客に扮したカルディア騎士団の一行である。

(実に見事な変装だな。観光客にしか見えないぞ)

頷《うなず》くフェリクスであるが、シルルカやリタの振る舞いがあまりにも自然すぎて、仕事のことなど頭から抜け落ちているのではないかと心配になってしまうのだった。

やがて馬車は市壁の門をくぐる。

ジェレム王国を発ってから半日以上かかって、ようやくオルヴ公国の町に辿《たど》り着いた。

早朝に出たはずなのに、すでに日は傾き始めている。

今回は観光客として動かなければならないため、目立った行動はできず、ケモモンではなく馬車を利用したせいで時間がかかってしまった。

加えてこれまで、ジェレムの国王と話し合ったり国境を越える準備をしたり、迅速に行動したものの二日が経過している。

（さて、どう調査を進めるか）

すでにザルツは、あの砦《とりで》から移動したようだ。キララ曰《いわ》く、少し距離が開いてしまったため、詳しい位置を知るには時間を要するとのこと。

馬車を降りた一行は、当てもなく大通りを歩いていく。

「団長《クルス》さん、これからどうしますか？」

「まずは町の中を見ていこうか。面白そうなものがあれば、観光するのもいいな」

フェリクスが告げるなり、服の裾をリタが引っ張る。

「近くで劇をやってるみたいです！」

人前では調査と言えないから、観光と口にしたのだが、リタは言葉どおりの意味に捉えたようだ。

「ちょっとだけ、見ていっちゃダメです？」

「途中で寝ないならいいぞ」

「やった！」

ほかに当てがあるわけでもない。

長旅の疲れもある。少しくらい観光したって、バチは当たらないだろう。

それにもし、誰かがこちらの様子を窺《うかが》っていたとしても、本当に観光しているのだから、敵の目を欺くことにもなる。

もっとも、フェリクスもちょっとばかり興味があったというのが本音だが。

リタに案内されながら町を眺める。

ここは精霊教正教派の総本山とも言える場所だから教会堂が多い。地元の住人だけでなく観光客も精霊教の外套《がいとう》を着ることが多いため、人々の様子もジェレム王国とは異なっている。

それは文化にも影響しているようだ。

「演劇をやっているみたいだぞ」

教会で行っている出し物に、地元の子供らや観光客たちが集まっていた。精霊王オヴェリスに関する話が一番人気で、これもそういう劇のようだ。

途中からにはなるが、始まったばかりらしいので、フェリクスたちも席に着く。

舞台では美しい姫と勇ましい王子に扮した男女が台詞《せりふ》を交わしていた。

『世界は闇に包まれようとしている。このままでは――』

『祈りましょう。いつか精霊様が闇を晴らしてくださる日まで』

『ああ。だが、そのときが来るまでは、誰かが戦わねばならぬ』

追いすがる姫に後ろ髪を引かれつつも、王子は旅立つ。

闇というのは魔物のことらしい。

フェリクスはオーラン自治区の司祭の言葉を思い出す。

(精霊王が暗黒の中に天を作り、異教徒による混沌《こんとん》の時代が終わった——だったか)

実在する敵や災害を闇と喩《たと》えたのかもしれない。

フェリクスが考えている間にも、舞台は目まぐるしく変わっていく。

王子と魔物の戦い、残された姫の祈り。

状況はどんどん悪化し、彼の国は魔物に包囲されてしまう。絶体絶命の状況に陥り、打つ手なしと思われた直後——子供が「あっ」と声を上げた。

「精霊王だ！」

舞台には光が降り注ぎ、大きな翼が舞い降りてきた。

(手が込んでるな)

翼は羽毛で作られており、七色に染められている。胴体もあることにはあるのだが、体の大部分を翼が占めていた。

もしかすると、翼を作った時点で予算がなくなってしまったのかもしれない。

子供たちは盛り上がり、皆が立ち上がった。

「頑張れー！」

「魔物なんかに負けるな！」

「やっちゃえ！」

（子供は元気だな……って、今のはリタの声じゃ？）

見れば、子供たちと一緒になって応援している。

誰よりも気合いが入っているかもしれない。

精霊王が光を撒《ま》き散らすと、魔物と闇は打ち払われ、あっという間に敵はいなくなった。王子と姫は奇跡を目の当たりにして感謝の言葉を捧げる。

『精霊王様、守ってくださってありがとうございます』

二人に見守られながら、精霊王は舞台の外に消えていく。

『こうして二人を救った精霊王オヴェリスはその後、有り余る力を秘めた体を百に分けました。その力を受け継いだ闇の大地には光が差し、暗黒の時代が終わったのです——』

なんと精霊王は世界まで救ってしまったらしい。

フェリクスはピンとこなかったが、もはやお決まりの言葉となっているらしく、誰も違和感を覚えずに拍手をしていた。

（ザルツが奪っていったのは右腕だったな）

結構な大きさだったから、本当に体が百分割されたとは思えないが、なんらかの理由で分けられたのは確かなのだろう。

こちらは物語ではなく、現実の問題である。

(取り戻さないとな)

フェリクスは改めて決意を固めるのだった。

司祭らによって信仰の大切さが語られ、本日は終演となった。子供たちは感想を言い合いながら帰り始めた。

「やっぱり、精霊王だよな」

「もちろん。最後はアレじゃないと」

物語の最後に精霊王が出てくるのは、お決まりの話らしい。脈絡もなく精霊王が出現することすらあるとか。

オルヴ公国の住人にとっては、それくらい大きな存在なのだろう。

「すごかったです！　あの翼、リタ《リーン》も欲しいです！」

はしゃぐリタの様子を見ていると、信仰に関係なく子供を引きつけるなにかがあるのかもしれない、と思ってしまうフェリクスだった。

(そういえば以前、リタは俺の翼が欲しいと言っていたな)

翼への憧れがあるのだろうか。

リタを見ていたキララが話に乗ってきた。

「この国では、精霊王様の翼を模したアクセサリーも売ってるのよ。精霊の加護があると言われているわ」

「本当？　それを着けたら飛べるようになるかな？」

「リタ《リーン》さんは重いので無理じゃないですか？」

「重くないもん！」

「いや、そもそもただの玩具だろ」

本気にするリタもリタである。

それでもまだ欲しそうにしているので、あとで買ってあげてもいいかとフェリクスは考えるのだった。

「そろそろ行きましょうか」

アッシュが誘うと、一行は街路を歩き始める。

あちこちの教会で独自の出し物を上演しており、人形劇や紙芝居などが子供の人気を集めている。やはり精霊王は欠かせないようで、必ず登場していた。

やがてアッシュはキララの様子を窺《うかが》う。

「キララ《ミリア》さん、調子はどうですか？」

今はカルディア騎士団の素性がばれないように、アッシュとキララもそれぞれ偽名を使っている。

辺境貴族の兄妹という設定で、名前は「ウェイン」と「ミリア」としていた。

「あ、ありがと。大丈夫、疲れてないわ。アッシュ《お兄様》が気遣ってくれるなんて珍しいこともあるのね」

「いえ、聞いたのはキララ《ミリア》さんではなく精霊の具合なんですが」

「そんなことだと思った！」

キララがぷんぷんと怒る一方で、リタとシルルカは楽しげである。

「アッシュ《ウェイン》さんは照れ隠ししてるんだよね」

「いつもキララ《ミリア》さんを気にしているくらいですからね」

「なるほど。素直じゃないんだな」

口々に言われて顔をしかめるアッシュであった。

キララは恥ずかしそうに俯《うつむ》いていたが、やがて話題を変えるように、ちょっぴり早口で告げる。

「精霊様のお告げはないわ。よそから来た私たちが馴染むには時間がかかるのかもね」

遠回しの表現を用いたのは、精霊王の名前を出すと、誰かに勘づかれる可能性があるからだ。街中では誰も彼もが精霊王の話をしているとはいえ、聞く者が聞けばわかってしまう内容である。

ザルツの居場所とは精霊王の右腕を通じて繋《つな》がっているため、少しずつでもたぐり寄せていけば、いずれ辿《たど》り着けるだろう。

「じゃあ、まだ時間はたっぷりあるね。……あ、そろそろお腹《なか》が空《す》いてきた！」

「なんだかいい匂いがしますね」

「間食だが……まあいいか」

「いつも腹時計に従って行動しているんですね」

「それが旅の醍醐味《だいごみ》だからな」

自由気ままな三人に、アッシュはちょっぴり呆《あき》れ気味だ。

リタは狐耳を動かして、お店の情報をさっと集める。

「師匠、焼き芋とキノコ、どっちがいいです？」

「両方にしましょう」

「聞かれたのシルルカ《ルシュカ》じゃなくて俺なんだけど」

「どっちがいいんです？」

「両方だな」

「以心伝心ですね」

微笑《ほほえ》むシルルカに釣られて、フェリクスも笑顔になる。

はしゃぐリタに引っ張られながら歩いていくと広場に出た。

整然と並んだ街路樹は鮮やかに色づいており、一斉に黄色く染まっている。日を浴びて輝くと、黄金にも引けを取らない。

　季節はすっかり秋になっていた。

「素敵ね」

　キララは目を細めつつ、景色を堪能する。

　この国は精霊王降臨の地ということもあってか、賑《にぎ》やかな木の精霊たちの気配が感じられる。だからキララにとっては、居心地がいいのだろう。

　澄んだ空気の中、町の人々も穏やかな時間を楽しんでいる。

「あそこに出店が並んでるよ！」

「落ち葉焚《た》きしていますね。焼き芋の気配を感じます！」

「せっかくオルヴ公国にいるんだから、二人とも精霊を楽しんだらどう？」

「お芋の精霊がいるの？」

「もう、そういうことじゃないわ」

　キララは呆れつつも説明しようとするが、そのときにはすでにリタとシルルカはフェリクスと一緒に出店に向かっていた。

　残されたキララは隣のアッシュを見る。

　フェリクスたちがいなくなった今、二人きりである。

「えっとね、その……アッシュ《お兄様》」

片手をそっと、彼の手へと近づけていく。

「わかっていますよ。キララ《ミリア》さんもお腹《なか》が空《す》いたんですね」

「ちっともわかってないじゃない！」

「まあまあ。お腹がいっぱいになったらイライラも収まりますよ」

「誰のせいよ！」

あらん限りの力でアッシュの手を握りしめながら、フェリクスたちを追うキララだった。

一行は落ち葉のカーペットの上を歩いていく。

踏むと柔らかい感触があり、シャクシャクと音が響く。風が吹けば葉がひらりと舞う。

ふわふわと流れてくる煙に導かれて、リタは焼き芋の出店に辿《たど》り着いた。裏手で落ち葉焚《た》きをしており、そこで焼いているようだ。

「いらっしゃい！　ちょうど焼き上がったところですよ！」

「焼き芋を五人分ください！　あと、キノコの揚げ物の盛り合わせも！」

「お買い上げありがとうございます！」

芋を包んでくれるのを眺めるリタとシルルカの隣で、フェリクスは代金を支払う。

それから近くのベンチに腰かけて、焼き芋の包みを開けていく。薄紫の皮に包まれた芋を二つに割ると、湯気の中から濃い黄色が現れる。

「いただきます！」

真っ先にリタがかじりついた。

「んー！　甘い！」

「ほっくほくですね！」

シルルカも喜びでいっぱいだ。

フェリクスも早速、一口。

皮はパリッとしていて、中はもっちり。濃厚な甘さが口中に広がる。

「そのまま焼いただけなのに、こんなに甘くなるのか」

「高温にしすぎないのがポイントね。じっくり長時間熱することで、甘くなるのよ」

「なるほど。キララ《ミリア》は詳しいな」

「キララ《ミリア》さんは食いしん坊ですからね。食べ物には詳しいんです」

「ち、違うわ！　えっと……そう、精霊が教えてくれるのよ！」

「やっぱりお芋の精霊さんはいるんだね！」

「そ、そうね！」

「そんなわけあるか」

つい突っ込むフェリクスである。

やがて彼らはキノコに目を向けた。肉厚のキノコは衣をつけて揚げられており、ほんのりと狐色になっている。

オルヴ公国で栽培されているキノコはジェレム王国とは種類が違うものもあるらしく、いくつかはフェリクスも知らないキノコだ。

どんな味がするのか楽しみだ。

フェリクスは早速、大きいものからかじりつく。

衣のサクサクした食感、溢《あふ》れ出す濃厚な旨味。独特の風味が口の中いっぱいに広がっていく。

「秋の味覚と言えばキノコだよな」

「いえいえ、やっぱり栗ですよ」

「じゃあキノコはいらないの？　代わりに食べてあげる！」

「あ、なんてことを！」

シルルカのキノコをさっと頬張るリタである。こうなってはもはやシルルカも取り戻せない。

「オルヴ公国の秋の名産品といえば、ブドウもおすすめなのよね。上品な味わいで、私たち乙女《おとめ》にもぴったりよ」

「はっ！　リタ《リーン》も乙女なのでブドウが食べたいです！」

「口いっぱいにキノコを頬張りながら言っても説得力がないわ」

「そういうキララ《ミリア》さんも口の周りが脂ぎってますよ」

慌ててアッシュから顔を背けるキララであった。

それからしばし出店を回りながら秋の味覚を堪能していると、リタが狐耳をぴょこぴょこと動かす。

情報を集めるために必要なので、いつものことではあるが、今日はどうにもせわしない。

「どうかしたのか？」

「えっと……おかしいです」

「リタ《リーン》さんがおかしいのはいつものことじゃないですか」

「違うもん。なにかありそうなんです」

真剣な声音で告げるリタ。

事件に関係する情報があった可能性が高い。今ここで口にしなかったのは、誰かに聞かれるとまずいからだろう。

人気《ひとけ》のない路地裏に行って遮音の魔術を用いるなり、彼女は話し始める。

「この町に来てから、まったく同じ台詞《せりふ》を何回も聞きました。でも全員別の人で、しかも独り言なんです」

ここは精霊教にとっての聖地。教徒たちにとっては祝詞などお決まりの台詞があってもおかしくはない。

だが、リタの耳に留まったからには、なにかしら理由があるのだろう。

「内容は？」

「『王の手よ、豊穣の地に来たれ』――です」

短い台詞だが、確かにこんな言葉が偶然に複数の人の間で一致するとは考えにくい。

「王の手か。精霊教において関連する言葉はあったか？」

フェリクスが見回すとアッシュが答えてくれる。

「少なくとも一般に使われる範囲にはなかったと思われます」

「俺たちがまず思い浮かぶものといえば――」

「ザルツが奪っていった精霊王の右手よね」

それを追い求めてオルヴ公国までやってきたのだ。片時も頭の中から抜け落ちることはない。

とはいえ、それだけの情報で魔人に関連すると断ずるには早すぎる。なにか他にも根拠となるものが欲しいところだ。

悩んでいると、シルルカが狐耳をピンと立てた。

「銀翼騎士団も『王の手』ではありますね」

「確かに陛下の『手下』だな。言葉どおりの王とも取れるか」

「その意味で言葉が使われているなら、このオルヴ公国は公爵が治めているため王はいませんし、外国の王を指していると見ていいでしょう」

いずれにせよ、間接的な言い回しでわかる人にのみ伝えていると仮定するなら、重要かつ人に聞かれたくない情報だと言えよう。

「さて、続きに移ろう。『豊穣の地』というのはなんだろうか」

フェリクスには聞き覚えはなかった。物知りのアッシュも、この地に詳しいキララも知らないようである。

が、これにはすぐに返答があった。

「この町の近くに、そういう場所があるみたいです」

発言者は、謎解きにはまったく参加していなかったリタである。

「まさかリタ《リーン》さんから答えが出てくるとは」

「私の耳はなんでも知ってるからね！」

「頭を使わないこと限定ですよね」

「そんなことないもん！」

「喧嘩《けんか》するなって。リタ《リーン》、詳しく聞かせてくれるか？」

フェリクスが促すと、リタは嬉《うれ》しそうに話し始める。

「えっとですね、『近隣のナーカ村には豊穣の地がある』――と言っている人がいたんです。何人も！」

　王の手に関する台詞《せりふ》を言っていた人たちとは別に、豊穣の地の話をしている人が複数いたということである。

「それを先に言ってくださいよ」

「だって、先に難しい話を始めちゃったんだもん」

　拗《す》ねるリタである。話についていけなかったのかもしれない。

　とはいえ、これで確信が持てた。

「暗号を別々の言葉に隠して、二重にしていたってわけか」

「これに気づくことができる人は限られていますよね」

「ああ。リタ《リーン》の能力を知っている相手だろうな」

　リタは騎士団員ではなく目立った経歴もない。その上、彼女の能力は見破られにくいため、ほんの一握りにしか知られていない。

　能力を隠しているわけではないとはいえ、わざわざ二重にした暗号をリタに解かせたと暗に告げられて、リタは衝撃を受けていた。

「そ、そんな、まさか……」

「ああ。相手は――」

「リタ《リーン》のファンの仕業だったんだ！」

「そんなやついるか！　魔人に決まってるだろ。前に戦ったときに気づかれたんだ」

シルフ精霊域で交戦した際、リタを狙った魔人がいた。

その男はポポルンに体当たりされて絶命したが、別の魔人に情報を伝えていたのだろう。

「二重の暗号を工夫したのはザルツの仲間の魔人か、やっと繋《つな》がっているオルヴ公国の連中といったところだろうな」

「ええ。……誘導《おびよ》されていますね」

こちらを誘き寄せるための罠《わな》かもしれない。

確かなことは、こちらと接触を図ろうとしていることくらいだ。

「どうしますか？」

「俺たちはお忍びの身だ。できれば目立つ行動はしたくないが、ほかに情報もないんだ。幻影の魔導で身を隠しながら探っていくしかない」

「団長《クルス》ならそう言うと思いました。気をつけてくださいね。いくらシルルカ《ルシュカ》さんの魔導が優れているといっても、狙いを定められた場合は看破される可能性が高くなります」

人口が数万人の町では見破られにくくとも、一目でよそ者とわかる小さな村では、わずかな旅人を調べればいいだけだ。

敵からすれば、一人にかけられる時間が断然違う。

「ナーカ村は徒歩で行ける距離みたいです」

「馬車に関しては便数も少なく、監視されている可能性もありますし、徒歩のほうがいいかもしれませんね」

「よし、それじゃ行くか」

　話がまとまったところで、キララが申し出た。

「フェリクス《クルス》さん、私はここに残るわ。もう少しで精霊王様の右腕の痕跡を辿《たど》れそうなのよ。ここを離れたらわからなくなってしまいそう」

「わかった。キララ《ミリア》は追跡を頼む」

「仕方がないので、私もキララ《ミリア》さんと一緒に動きますよ」

　アッシュの言葉にキララの目が輝く。

「いいですね、団長《クルス》？」

「ああ。護衛してやってくれ」

「了解しました」

「しっかりエスコートしてよね」

「もちろんです。キララ《ミリア》さんにはしっかり首輪をつけておかないと、なにをやらかすかわかりませんから」

「乙女《おとめ》に失礼ね！　がるる！」

　キララに噛《か》み付かれるアッシュであった。

そんな二人を見て笑っていたフェリクスも、気持ちを切り替えて動きだす。

今回はリタの耳がなければ始まらないし、シルルカの力も必要だ。だから行き先が敵のまっただ中の可能性があっても、連れていくしかない。

(なにがあろうとも守りきる)

フェリクスは二人とともに町の外に踏み出す。街道は北に向かっていた。

目指すはナーカ村である。

◇

青白く輝く洞窟の中、集まっている者たちがいた。

その中の一人は青白い顔と白い髪をしている——すなわち魔人ザルツである。

彼に相対する者たちは貴族が纏《まと》うような豪奢《ごうしゃ》な衣装を身に着けており、傍《そば》には精霊教の司祭たちが控えていた。

「カルディア騎士団に後をつけられるとは……ここがどれほど大切な場所かわかっているのですか」

司祭の一人が苦言を呈すると、別の者が賛同する。

「うむ。感づかれては困る」

「貴公を責めたくはないが、人と魔人は対立してきた歴史があるのだ。貴公を庇《かば》い立てするにも限界がある。慎重に行動していただきたい」

咎《とが》められたザルツは恭《うやうや》しく頭を下げて謝罪を口にする。

「申し訳ございません。今後は気をつけてまいりますので、どうかご容赦ください」

素直な反応に、司祭たちはほっと胸を撫《な》で下ろした。

同調圧力や貴族の手前、ザルツを強く責めたが、そのせいでこの魔人が反発するのではないかという思いも頭の片隅にはあったのだろう。

緊張が解けるや否や、ザルツは切り出す。

「ですが、どうしても今すぐ公にお会いせねばならなかったのです」

「用があるとのことだったな」

宝玉の埋め込まれた杖《つえ》を手にした男が、ぎょろりと剥いた目をザルツに向ける。皆の視線が二人に集まった。

「わざわざ私を呼び出したからには、つまらぬ用ではなかろうな?」

男が告げるなり、司祭たちは生唾を呑《の》み込んだ。あたかも首に刃《やいば》を突きつけられているかのように表情は強張《こわば》っていた。

一方でザルツは臆することなくまっすぐに男を見据え、やや間を置いてから、ゆっくりと言葉を紡いだ。

「『精霊王の右腕』を手に入れました」

「おお！」

歓声が上がる。

興奮のあまり、誰もが冷静ではいられなかった。精霊教の者たちにとって、精霊王は信仰の対象だ。

ましてここは精霊王降臨の地、オルヴ公国。精霊王は特別な意味を持つ。

彼らの声が静まった頃合いを見計らって、ザルツは話を続ける。

「ほかの者に奪われる前に献上しなければなりませんでした。これが忠義の証です」

「よくやってくれた！　信じておったぞ！」

ザルツは懐から小さな荷物を取り出して、皆に見せるように包みを広げる。中にあったのは青白い腕だ。

司祭の一人が駆け寄り、その腕に小瓶のようなものを近づける。すると、わずかな光が腕から漏れて小瓶に絡みついた。

一同はその反応を見て感嘆の声を漏らした。

「これはまさしく精霊王の右腕……！」

ザルツは表情を変えず、まっすぐに相対する男を見続ける。

その男は思い出したかのように、視線をザルツに戻した。

「ご苦労であった。精霊王降臨の際は、貴公らにもしかるべく取り計らおう」

「ありがたき幸せでございます」

「貴公はこれからどうする？」

「この吉報を皆に伝えるべく、一時、帰国しようかと考えております」

「うむ。それがよかろう。外に出るときは気をつけるのだぞ」

「重々承知しております、オルヴ公」

ザルツはその男の姿をしかと目に焼きつけてから、その場を去った。

少しばかり歩いたところで、壁に寄りかかっている魔人の姿を見つけた。男はザルツに一瞥《いちべつ》をくれると、彼とともに歩き始めた。

その男は周囲に人がいないことを確認した後、魔法で音を遮断してから口を開く。

「なにが『まさしく』だ。アレの使い方を教えたのは俺たちだっていうのに」

「聞いていたのか」

「やつらがお前を殺して奪うつもりだったなら、割って入ろうかと思ってたからな」

「それはないだろう。今、俺を殺せば我々と敵対することになる。しかもやつらは精霊王降臨の方法を知らない。宝の持ち腐れになるんだ」

「確かにな。やつらは少なくとも降臨の時点までは、俺たちと協力関係を続けざるを得ないか。降臨の方法を教えるのは、なんだかんだと引き延ばせばいい」

「おそらく、そんなにうまくはいかないだろうな。やつらはなにかを隠している」

「おいおい！　それをわかっていて……なあ、本当に渡してよかったのか？　大事な精霊王の右腕なんだぞ？」

「精霊王の力ならすでに取り込んだ」

「馬鹿な!?　だったら、あれは抜け殻のはずじゃ——いや、そもそもなんで実体が存在する？　取り込んだときに消えてなくなるはずだろ」

「精霊王の右腕は消えたさ。つまり——あれは俺の腕だ」

「なんだと!?　俺たち魔人が混ざったならアルゲンタムの器は反応しなくなる——」

「俺たちは銀の血筋だろ？」

「……そういうことか」

相方が納得したのを見つつ、ザルツは前を向く。

「次を集めるぞ。人間どもが囮《おとり》に引っかかっているうちが好機だ」

「その囮もいつまで持つか、わからないからな。……そもそも、俺たちも囮かもしれない」

皮肉めいた顔をする男とは対照的に、ザルツは真剣そのものであった。

「たとえこの身が捨て石であったとしても、最後の一人が王になれるならそれでいい。そのためなら地獄の業火にも飛び込んでやろう」

「ああ。俺たちの気持ちは一緒だ」

「我らが願いはただ一つ。『銀血』の繁栄だけだ」

「行こう。数百年の大望を果たすために」

彼らは力強く一歩を踏み出し、洞窟の外へと出ていく。

陽光は痛いほどに降り注いでいた。

◇

フェリクスたちは小さな村にやってきた。

ジェレム王国との国境となっている山脈の麓《ふもと》に存在しており、辺鄙《へんぴ》な場所ゆえに旅人はあまり訪れない。

到着するまでの間、すれ違う者は一人もいなかった。

——ここが本当に目的の場所なのか。

その思いは村に入ってから一層強くなった。

申し訳程度の柵が村の境界を主張しているが、広場には井戸があるくらいで、これといった設備はない。十数軒の家はどれも掘っ建て小屋である。

密会をするにしても、待ち伏せをするにしても、場所がいいとは言いがたい。これならその辺の山中と大差ないからだ。

「……どうしますか？」

「とりあえず、話を聞いてみるか」

村人全員がグルになっている、あるいはこの件の実行犯と入れ替わっているのであれば、自ら接触するも同然だが、彼らは無関係であることを祈るしかない。

なにしろ、あまりにも情報が少なすぎるのだ。ほかに手はない。

狐耳を動かしていたリタは、家々に目を向ける。そこからは住民たちの陽気な歌声と音楽が流れてきていた。

「なんだか楽しそうです」

「浮かれすぎないでくれよ」

怪しい情報があれば伝えるようにと、リタにはあらかじめ言ってある。しかし今のところ、問題はなさそうだ。

広場の井戸の前には、いくつかの木箱が無造作に置かれている。中身は収穫したばかりと思《おぼ》しきブドウだ。

小さな村だから、こっそり盗んでいく輩《やから》もいないのだろう。

様子を窺《うかが》っていると、村人の一人が木箱を運んできた。

「……おや？」

フェリクスたちに気がつくと、珍しそうな顔をする。

「旅のお方ですか？」

「はい。ここがナーカ村ですか？」

「そうですよ」

わざわざこの村に来る者などいないのか、村人はすぐに疑問を口にした。

「なぜここにいらっしゃったんです？　収穫祭ならほかの村のほうが盛大でしょう？」

彼は収穫祭の準備をしていたらしい。

この時期は、大規模なものから地元民だけのものまで、あちこちの村で収穫祭が行われている。だからあえてナーカ村を選ぶ理由もないのだろう。

「精霊様に関する文化財があると聞きまして、ぜひ知りたいと思い、参りました」

「はて……精霊様ですか」

男は本当に知らないようで、首を傾《かし》げていた。

「ご存じないですか？」

「ええ。この村は数年前にできたばかりですからね。歴史は浅いんですよ」

（……これは当てが外れたか？）

彼の聞き方が悪かった可能性がある。

とはいえ、『豊穣の地』の名前を出すのは最後の手段としたい。

「残念ですが、ただの噂《うわさ》かもしれませんね。でも、せっかく来ていただいたわけですから、収穫祭に参加していってください」

「ありがとうございます」

男は再び準備に精を出し始め、フェリクスたちは広場を中心に村を眺める。といっても、すぐにやることはなくなってしまう。

何十人かの村人たちと話をするが、村は平和そのもの。陰謀の気配などありはしない。どうしたものかと悩んでいると、リタが狐耳をピンと立てた。

「あ、ワインを運んでるよ。ここのブドウで作ってるのかな?」

「そうみたいですね。ラベルに書いてあるんじゃないですか?」

村人が運んでいる瓶のラベルにフェリクスは目を向ける。

それもお手製らしく、上手とは言えない字が書かれていた。

産地は——

(これは)

フェリクスの顔つきが変わったのも一瞬のこと。すぐに落ち着いた顔に戻った。

瓶を置いて一仕事終えた村人へと近づいていき、声をかける。

「このワインは、ナーカ村で作ったものですか?」

「ええ。なにからなにまで自給自足です」

「それはすごい。この『豊穣の地』というのはなんですか?」

ラベルに書かれた言葉を、フェリクスは指差した。

「銘柄ですよ。昔はここの近くに豊穣の地という土地があったそうなんです」

フェリクスはリタ、シルルカと顔を見合わせる。

おそらく、そこが目的の場所だ。村人が続けて言う。

「もしかすると、それを精霊様に関する話と勘違いしたのかもしれませんね。残念ながら、たいした話はないんですけれど」

「なるほど。興味が湧いてきました。豊穣の地に行くことはできますか？」

「できないことはないですが……なにもありませんよ」

「それでも結構です。ぜひ行きたいと思います」

「ただの荒れ地ですけど、いいんですか？」

彼らは隠しているふうでもないから、本当に荒れ地が広がっているだけなのだろう。

その話をしていると、別の村人たちもやってきた。

「なんで豊穣の地なんて名前がついているのかしらね」

「大昔は豊かだったんじゃないですか？　昔、地震がありましたし、土砂崩れでああなったのかもしれませんよ」

「大きな雷が落ちたのは覚えているけれど……地震もあったかしら？」

「俺は知らねえな。前はちょっくら離れた町に住んでたが、そこはもう何十年も天災なんてなかったぞ。この国はなんていったって、精霊様のご加護があるからな」

　彼らの情報によると、そこでは十年ほど前に局地的な災害があったようだ。といっても、このナーカ村ができる前のことで、誰も経験してはいないらしい。

　なにはともあれ、今後の予定が立った。

「豊穣の地に行ってみますね」

「お気をつけて。道沿いに進んでいけばすぐですよ」

　三人は村人たちに頭を下げると、山中に向かう道を歩いていく。

　草木は伸び放題だが、落ち葉を退けるとその下には舗装されていた形跡がある。つまり、人の行き来があったということだ。

「人々が荒れ地と行き来していたというよりは、なにかの施設が荒れ地になって、人が通らなくなったと考えるほうが妥当だよな」

「畑や牧場かな？」

「山の中なら、そんなところか。ワインの銘柄になるくらいだしな」

「荒れ地になった原因ですが、魔物による被害があったのかもしれませんね」

「確かにそれなら、討伐が済んだのにわざわざ魔物がいたことを喧伝《けんでん》して不安を煽《あお》る理由もないな」

　なんにせよ、行ってみないことには想像でしかない。

あれこれ話をしているうちに、目的の場所が近くなってきた。待ち伏せされている気配はない。

紅葉の中を進んでいくと、突然視界の景色が変わった。

「……なるほど」

聞いていたとおりの荒れ地である。

草一つ生えておらず、一面が黄土色の大地となっているのだ。

平坦な土地のため、はるか遠方まで見渡すことができる。それゆえに、その人物を見つけるのに時間はかからなかった。

「セレーナか」

荒れ地の中央の窪地《くぼち》に彼女は佇《たたず》んでいた。フェリクスたちをまっすぐに見ながら、こちらに来るようにと目で訴えかける。

彼女は魔術に長《た》けているから、すでに幻影の魔導は見破られているだろう。たとえ魔導がうまく作用していたとしても、こんな場所に来る人物はフェリクスたちしかいないから同じことだ。

フェリクスは周囲を警戒するも、ここにいるのは彼女一人のようである。

「俺の後ろにいてくれ」

リタとシルルカを背後に隠しながら、フェリクスは近づいていく。

荒れ地には隠れる場所などないが、山の中に潜んでいて、セレーナの合図で包囲してくる可能性はある。

いつでも動けるように気を引き締めながら進んでいき、ようやくセレーナに声が届く間合いまで辿《たど》り着いた。

「俺を呼んだのはお前か」

「ああ。話がしたい。ここにいるのは私一人だ」

セレーナは遮音の魔術を用いる。

その効果範囲まで来いということだ。

人に聞かれてはまずい話なのだろう。そもそも、フリーベ騎士団のセレーナが、カルディア騎士団のフェリクスたちと人気《ひとけ》のない場所で会うのは、あまり褒められたことではない。魔人に関する接触があったばかりなのだ。

遮音の魔術の範囲内に入るとセレーナは早速、話を始める。

「なにもない土地だろう」

「だが、あえてこの地を指定したからには理由があるんじゃないのか？」

「……ここに来たことはあるか？」

セレーナはフェリクスの質問には答えずに尋ね返す。問いかける声は鋭くも、どこかあどけなさがあった。

「いや、ないな」

その答えに満足しなかったのか、セレーナは無言のままフェリクスを見据える。しばしその状態が続いたが、先にセレーナが視線を外して周囲を見回す。

「ここはかつて荒れ地ではなかった。小さな村があったんだ」

「それが豊穣の地か」

セレーナは頷《うなず》く。

「本当に小さな小さな村さ。豊穣の地なんて名ばかりで、なんにもなかった。誰も気に留めていなかったし、今や覚えているのも私くらいだろう」

セレーナは虚空を見つめる。

彼女にしか見えない幻が、そこに見えるのかもしれない。

「銀の光には覚えがあるだろう」

「俺の力のことなら、いつも使っているが……この村となにか関係があるのか？」

「村を荒れ地にしてしまったのは、まさにその銀の光だ。貴公はその光をどこで手に入れた？　なにをしようとしている？」

セレーナの声に静かな怒気がこもる。

本当に精霊王の力が用いられたのなら、一帯が荒れ地となったのも頷ける。

それが村人たちの言う「雷」だったのだろう。遠方から見えたという話からも、規模は大きかったことが窺《うかが》える。

「手に入れた場所はわからない。この力は平和のために、民が幸せに暮らせる世にするために使うと決めている」

「隠し立てしていないだろうな？」

「我らが王に誓って。……お前だって、隠してることがあるだろ」

セレーナの眉がわずかにひそめられた。

「今度は俺の質問に答えてもらおう。ザルツに関して、オルヴ公国はなにを企んでいる？」

「私にはそれを話す権限はない」

暗に上からの命令であると告げている。

セレーナは貴族ではなく騎士であるとはいえ、その最高位についている。彼女に命令できる人物となれば限られてくる。

セレーナもまた、フェリクスに聞き返す。

「貴公はなぜあの魔人を追ってきた？　目的はなんだ？」

「魔人の討伐は騎士の努めだ。そして俺は、今はただの『観光客』だ」

フェリクスもまた、真の理由を告げる権限はない。

この事件は彼一人の問題ではなく、すでにジェレム王国を巻き込んでいる。あくまで今は、旅人としてオルヴ公国に来ている体裁を取らなければならない。

「私はオルヴ公国の騎士だ。貴公が民を苦しめる奸計《かんけい》を巡らしているのであれば、それ相応の覚悟で挑まねばならない」

彼女は抜き身の刃《やいば》のごとき鋭い視線をくれる。

(やはり、変わっていないな)

セレーナは国に仕えているとはいえ、最も大切にしているのは民を守ることである。そもそも、保身に走るような人物であれば、今のこのような接触を避けていたはずだ。

持ち前の正義感から、フェリクスに問わねばならないと考えて動いた可能性が高い。

ならば、多少の融通は利くだろう。

「俺たちは大精霊様の意思とともにある」

フェリクスの言葉を耳にして、セレーナは剣呑《けんのん》な雰囲気を解いた。

この一言で正義はこちらにあると知らせることができる。精霊教は大精霊を崇《あが》めているため、ないがしろにするわけにはいかないからだ。

いくらでも偽ることはできるし、精神的なことを言っただけだと言い逃れできなくもないが、精霊教の者にとってはこれ以上の宣誓はない。

「ザルツはどこに行った？」

「前に言ったとおり、私にはなんの権限もない。国が対応するとなれば、お偉方に会わせるために首都に移送するだろう。あくまで私の推測にすぎないがな」

フェリクスが旅人の体裁を取るように、セレーナもまた建前上はなにも言っていないし、協力してもいない。

「助かる」

「ここでの会話は他言無用だ。余計な誤解を招きかねない」

「ああ。俺たちが会っただけでも誤解される可能性があるからな」

表向き、なにもなかったことにしておくのが互いのためだ。

「念のため、幻影の魔導で私たち皆の姿は隠しておきました」

いつの間にかシルルカがやってくれていたようだ。

リタもまた、「覗《のぞ》き見していた人はいないようです」と狐耳を揺らす。

頼りになる二人である。

「もう用は済んだ。必要以上に長居はしないほうがいい」

「危ない橋を渡ってまで、俺たちに接触しようとしたのはなぜだ?」

「言っただろう。私はオルヴ公国の騎士なのだと。そして民を守るのが騎士の努めだ。私人としてのセレーナはすでに死んでいる」

「……そうか」

彼女は確固たる意思で言っているようにも、思い詰めているようにも見えた。

触れてほしくない話題のようなので、フェリクスもそれ以上の追求はしなかった。

「気をつけろよ。二重の暗号を工夫したりしてこの密会の計画に加担した者がいる以上、どこかから情報が漏れる可能性はある」

「信頼できるやつらだ。上の意向ではなく、己の信条の下、平和を守ろうとしている」

つまり、上を信頼していないということでもある。

「そちらこそ漏洩《ろうえい》させないようにな。『子供』のお守りはしっかりするといい」

「ああ。善処する」

頷《うなず》くフェリクスの後ろで、シルルカとリタは口を尖《とが》らせる。

「失礼な人ですね」

「ほんとだよね」

（……今回ばかりはセレーナのほうが正論だな）

フェリクスはそう思ってしまうのだった。

「さて……ナーカ村では収穫祭があるそうだ。楽しんでいくといい。ここのブドウは上質でおいしいものが多い。きっと気に入るだろう」

セレーナはそう告げて去っていく。

フェリクスたちもまた、ナーカ村に戻ることにした。

「もし、セレーナさんの話が本当なら、この豊穣の地で精霊王の力を使った人がいたこと

「になりますよね」

「ザルツたちが別の精霊王の力を持っていたのか、それとも別の連中か……いずれにせよ、気をつけないとな」

「ええ。あれほどの力を持ちながら、団長さんほど呑気《のんき》な人はいないでしょうからね」

「そいつはどうも」

これまでなんの気なしに使ってきた力であるが、それを巡って様々な思惑が絡み合っている。

今後は考えて使っていかなければならない。

一行が村に戻ったときには、すでに収穫祭は始まっていた。

音楽が奏でられ、人々は歌い踊っている。決してうまくはないが、このときのために練習してきたのだろう、彼らは楽しげに披露していた。

「師匠、お祭りが始まってます！」

「セレーナさんも楽しむといいって言ってました」

参加したい、と二つの眼差しが訴えてくる。

（アッシュや騎士団に連絡する時間も必要だし、少しくらいならいいか）

「主役はここの人たちだから、迷惑をかけないようにするんだぞ」

「やった！」

二人は早速駆け寄っていき、村人に交じって踊り始める。しかし、こちらの踊りは知らないため、動きはてんでバラバラ、さっぱり合わない二人である。

（……さすがに練習してから交じればよかったんじゃないか？）

とはいえ、村人だけの小さなお祭りだから、誰も巧拙など気にしない。

フェリクスは切り株に腰かけて、音楽を聞きながら文を書き始める。送る先はまずはアッシュだ。

『こちらで得た情報によれば、首都に向かったらしい。そちらの状況を教えてくれ』

非常に簡素な内容だが、アッシュとのやり取りはいつもこんな調子だ。

詳しく書きすぎると、他人に見られたときに困るというのもある。まして、今回はただの旅人のふりをしているのだ。

「頼むぞ」

手をかざすと、風とともに光が集まってくる。

そしてフェリクスの守護精霊、ポッポ鳥のポポルンが現れた。

丸っこい体型につぶらな瞳と、非常に愛らしい姿をしており、「ポッポ」と陽気に鳴きながらフェリクスの肩に止まる。

広場に置かれた桶《おけ》の中に詰まったブドウが気になるようで、ポポルンはしきりにそちらを眺めていた。

「悪いんだが、アッシュのところまで頼まれてくれるか？」

フェリクスが手紙を差し出すと、ポポルンは翼をぱたぱたと動かしながら浮かび上がり、両足でそれを掴《つか》んだ。

「ポッポー」

空高く舞い上がり、アッシュたちのいる町へと飛んでいく。

その様子を見ながらフェリクスは、帰ってきたら労《ねぎら》ってやろうと、ポポルンの餌のことを考えるのだった。

いくつかの雑務を片づけたときには、収穫祭はメインの出し物を始めようとしていた。

この村ではワイン造りが行われているのだが、祭りでは踊りを交えつつ昔ながらの造り方を実演するらしい。

一軒の家から出てくる村の若い女性たちは、半袖のブラウスに膝丈のスカート、エプロンと、祭りらしいこざっぱりした出で立ちだ。

一つとして同じ色はなく、なんとも鮮やかである。

彼女たちは列をなして広場にやってきて、ブドウが敷き詰められた大きな桶《おけ》を囲むように位置する。

踊り手がそろそろ出揃《でそろ》うかと眺めていたところ——列の最後尾に二つの見慣れた顔を見つけた。

「……うん？」

何度見ても、リタとシルルカである。

（いつの間に、メインの出し物にまで参加したんだ？）

この段になってあれこれ言うのも野暮である。

フェリクスは成り行きを見守ることにした。

シルルカとリタは衣装を借りたらしく、尻尾はスカートの中にしまっている。狐人族などの尻尾を持つ者に合う服はなかったのだろう。

村人たちは女性らを見て、やんややんやと囃《はや》し立てる。

盛り上がる中、彼女たちは二人一組になって手を取りながら、音楽に合わせてステップを踏む。

音楽の合間に入れ替わり、次々と組む相手を替えていく。豊かな色合いの衣服が目を楽しませてくれる。

（うまいものじゃないか）

シルルカは初めての踊りとは思えないほど優雅である。リタはちょっぴりドタバタしているが、目立った失敗はない。

若い女性たちの中にあっても、とりわけ二人は目を引いていた。

やがて村の女性二人が桶に入り、両手を繋《つな》いで円を描くように足を動かしていく。昔はこうしてブドウを踏み潰していたらしい。

何度か入れ替わり、最後にシルルカとリタが桶《おけ》に入った。

二人は見つめ合いながらリズムを取る。リタがバランスを崩すと、シルルカはさっと支えながら顔をほころばせ、リタはちょっぴり恥ずかしそうにする。

なんとも微笑《ほほえ》ましい姿にフェリクスは目尻を下げた。

(仲がよくてなによりだ。こんなに楽しんでくれるなら来たかいがあったな)

やがて音楽が止むとともに、二人は観客たちのほうに向き直りながら、最後のポーズを取る。

その視線の先にいるのはフェリクスだ。

じっと見つめる二人は、誰よりも彼に見てほしかったのだろう。だからフェリクスは誰よりも強く手を叩《たた》く。上手だったと気持ちを込めて。

村中が歓声と拍手に包まれる。今日一番の盛り上がりであった。

「今年も豊作だ！」

「精霊様の恵みに感謝して――」

「乾杯！」

村人たちはワインで満たされたグラスを掲げる。

開けられたばかりのボトルに刻まれた豊穣の地の名が、陽光に照らされていた。

次第に場が落ち着いてきたところで、女性たちはいったん家に行って着替えを済ませてくる。

シルルカとリタも自分の服に戻っていた。

「師匠、どうでしたか!?」

「うまくできていましたか？」

「ああ。二人とも上手だったぞ。つい見とれてしまった」

「えへへ。リタの魅力にメロメロになっちゃったんですね」

「団長さんは私の踊りに夢中だったんですよ」

「違うよ、リタだもん」

二人はそんな言い合いをするのだ。お互いに譲る気配はない。

（なんで俺の前だと、こうなんだろうか？）

普段は仲良くしているというのに。

「今日は来てよかった。シルルカとリタの晴れ姿も見られたしな」

フェリクスが率直な感想を口にすると、二人ともすっかり照れてしまうのだった。

そんな三人を村人たちが手招きする。彼らは楽しげに飲み食いしていた。

「私たちも交ぜてもらいましょうか」

「それはいいな」

「おいしそうです！」

三人ともお相伴にあずかることにした。

村人たちは快く受け入れてくれる。

この村で取れた食材を使った料理がふんだんにテーブルに並べられており、高級なものはないが、どれもおいしそうだ。

「いただきます！」

サラダはシャキシャキしていて新鮮だし、焼き立てのパンは香ばしい。

栗は甘く濃厚で、柿やブドウはしっかり熟している。

「最高だな」

「なんとも贅沢《ぜいたく》ですね」

「なにを食べてもおいしいね！」

三人が満喫していると、ポポルンが戻ってきた。

フェリクスは撫《な》でつつ手紙を受け取る。

「お疲れさま」

「ポポルン、偉いね」

リタがお肉を分けてあげると、ポポルンは嬉《うれ》しそうに啄《ついば》むのだった。

フェリクスは早速、アッシュからの返事を読む。

『その方針で問題ないと思います。精霊様の巡礼のため、我々も首都に向かいますので、いったん合流しましょう。お待ちしております』

これまた簡素なものである。

文面に精霊と書かれていることから、キララも精霊王の右腕の行方が掴《つか》めたのだろう。

そこからも、ザルツの行き先は首都で間違いない。

向かう先は決まった。次はオルヴ公国の首都である。

「食べ終わったら、町に戻ろう」

「はーい。今のうちにいっぱい食べないと！」

「たくさん歩きますからね！　たっぷり補給していきましょう！」

お腹《なか》いっぱいになるまで満喫する二人である。

(そんなに食べたら、歩くのが辛《つら》いんじゃないか？)

そう思うフェリクスだが、二人が幸せそうに頬張っているので、歩けないときは背負ってやればいいか、と見守ることにした。

やがて今日の祭りは終わりを迎え、片づけが始まる。村人たちは数日の間祭りを続けるため、まだまだ楽しい時間は続くらしい。

名残惜しいが、次の旅が待っている。

「ありがとうございました！」

「また来てくださいね！」

村人たちに見送られながら彼らはナーカ村を発つ。ほんのわずかな滞在であったが、充実した時間を過ごせた。

街道を歩きながらシルルカが呟《つぶや》く。

「次はただの観光客として来たいですね」

「そのためにも事件を解決しないとな」

「リタも頑張って悪い魔人を見つけます！」

「頼りにしてるぞ」

首都に着いたら、魔人の情報を探っていくことになる。

そのときリタの力は大変役に立つだろう。

フェリクスはジェレム王国に向けてポポルンを飛ばす。魔人は首都にあり、と書いた文を持たせて。

精霊は彼らの旅を見守っていた。

第十章　精霊王と青の洞窟

オルヴ公国首都にある貴族の館は、今日も賑《にぎ》わっていた。

ここではパーティや舞踏会が昼夜問わず開催されており、社交場として機能している。

若手の貴族にとってはより上流の貴族との繋《つな》がりを得る足がかりとなっており、諸外国の王侯貴族にとってはオルヴ公国の高官と付き合いを深める外交の場でもあった。

今日も新顔の貴族が参加していた。

東方の果てに領地を持つ辺境貴族ドルフ家の三男と次女であり、巡礼のためにオルヴ公国を訪れているとのことだ。

「オルヴ公国はいかがかな？　楽しんでいただけているだろうか」

初老の男性が声をかけると、ドルフ家の三男は柔和な笑みを浮かべる。

「ええ。洗練された文化の数々、大変勉強になります。このような機会をいただき、誠に感謝しております」

「それはなによりだ。これを機に、貴国との繋がりを深めていこうではないか。ともに精霊による繁栄を享受していけることを願っている」

「楽しみにしております」

ドルフ家の三男は先ほどから当たり障りのない会話をしていた。いや、それしかできなかったというほうが正しいか。

誰も彼の素性を詳しくは知らないため、深入りした話は避けたかったのだ。

それもそのはず、ドルフ家などは存在しておらず、二人もドルフ家の兄妹ではない。変装したアッシュとキララなのである。

二人はいつもの様子とはかけ離れた優雅な振る舞いを見せており、貴族としての所作を完璧にこなしていた。知識や背景に矛盾もなく、誰も彼らを疑いはしない。

「こちらに来て日も浅く、教えていただきたいのですが……」

貴族たちに政策についてそれとなく考えを尋ねてみるも、

「ふむ。……ゼーブル殿のお考えを参考にされるといい」

などと誰か他人の名前を出すばかり。自分に累が及ばないよう、自衛しているのだ。

ゼーブルはオルヴ公爵の側近であり、多数の貴族を従える有力者らしく、追従するにはちょうどいい相手なのだろう。

(さて、貴族たちは口を割りませんし、どうしましょうか)

彼が考えていると、とある貴族の娘が近づいてくる。確か名をレイアといった。

(彼女の父は精霊関連の政務を取り仕切っていたな)

まだ若く政治的なことには疎そうに見えるから、場慣れするためにパーティに出席したのだろう。

彼女から役に立つ情報は得られそうにないが、なにかきっかけは掴《つか》めるかもしれない。

「ウェイン様はカザハナ国の出身であるとお聞きしました」

「ええ。カザハナ国をご存じですか？」

「幼い頃に一度、父に連れられて行ったことがあります。花の精霊たちが舞う素敵な場所でした」

「お褒めいただき光栄です。ここオルヴ公国から見れば片田舎ではございますが、カザハナの精霊にも独自の美しさがあります。レイア様と庭園でのひとときを過ごせたら、なんと素敵なことでしょうか」

アッシュは優しそうな笑みを浮かべる。整った容貌と洗練された仕草は、世俗に疎い貴族の娘を虜《とりこ》にするには十分すぎた。

レイアは頬を染めながら、うわずった声を出す。

「ウェイン様さえよろしければ、近く御国に参ります」

「それは楽しみです。ですが、無理はなさらないでくださいね。ご多忙のご様子、お体を大事になさってください」

「いえ、忙しいのは父だけですから。近頃はあまり家にも帰らないんですよ」

「それを支えられるレイア様もご立派です。私がレイア様の年の頃は、やんちゃして怒られてばかりでした」

「まあ、本当ですか？　信じられませんわ」

レイアはアッシュの言葉によく反応する。この会話を純粋に楽しんでいるのだろう。

笑顔の裏でアッシュは呆《あき》れていた。

（なんともたわいない）

貴族の娘は権謀術数《けんぼうじゅっすう》渦巻く社交場でしたたかになっていくか、政略結婚のための道具としてなにも知らないまま籠の鳥となる者が多い。

いやでも自分の立場を自覚するものだが、この娘は大事に育てられたらしく、利用するために近づいてくる人間がいるなど想像もしていないようだ。

「父も来月には落ち着いているはずですから、その頃にお伺いしても？」

「もちろんです」

花が咲くような笑みを浮かべるレイアを見つつ、アッシュは推測する。

（忙しいのはやはり、ザルツに関する件のためでしょうね。今月中になにか動きがあるのかもしれません）

そこで彼は、オルヴ公国は精霊によって繁栄していく、と貴族たちが考えていることに思い当たった。

（その考えがただの願望ではないのなら、なにか現実に変化をもたらす出来事があるはず。疑わしいのは、ザルツから精霊王の力を得るといった方法ですが……）

だが精霊王の力は、すでにザルツの力となったはずだ。

公爵や司教など上に立つ者が、殺して力を奪うためにザルツを生かしておいたなら頷《うなず》けるが、セレーナから得た情報では、魔人と手を組んでいたように思われる。

詳しく知りたいところであるが、ここでそれについて言及すれば疑われてしまう。

（……この辺りが潮時でしょうかね）

レイアの父の任務は別の機会に調べればいい。

アッシュは貴族の子女たちと会話しながら、立ち去り時を窺《うかが》うのだった。

◇

（また女の子に囲まれてる）

アッシュとは別に情報を集めていたキララは、彼が貴族の子女と仲良く話している姿をつい目で追ってしまっていた。

彼は先ほどからずっと人好きのする笑顔を見せている。

（……あんなに楽しそうにして）

自分と一緒にいるときは、あんな顔をしないのに。

重要な任務の最中だというのに、ひとたびそう思うと、もう止まらなかった。

ずるい、どうして。本当はわかってる。きっと彼にとって自分は可愛くない。

こういうところも面倒くさいって、わかってる。

だけど、それでもやっぱり——

グラスに映った顔はすっかり青ざめていて、彼が見たら「今日もひどい顔ですね」と言うだろう。顔色が悪いのと、顔が悪いのをかけて。

彼の中身は十数年前から変わっていない。女の子をからかいたい子供のまま。あんな優男のふりをしているけれど。

なんて男だ。

そしてそんな男に振り回されている自分も、なんてことだ。

彼の意地悪な顔を思い浮かべると、なんだか腹が立ってきた。グラスのワインに映る顔はゆらゆらと歪《ゆが》んでいた。

(これじゃ、可愛いなんて……いえ、どんな顔でも言ってくれないかしら)

今まで言われたことがないのだから。

このままだと、もっと暗い顔になってしまう。もう潜入任務どころじゃない。

逃げるようにその場をあとにすると、楽しげな声を耳にしながら、廊下の壁にもたれかかってため息をついた。

(なにやってるの、私……)

俯《うつむ》いていると、足音が近づいてくる。

「大丈夫かい？」

「……アッシュお兄様《にいさま》」

まさかアッシュが来てくれるなんて。

あざ笑いに来たんだろうか。そんなふうに思ってしまう辺り、やっぱり可愛くない。

「抜け出してもよろしかったのですか？」

「可愛い妹の方が大事だからね。青い顔をしていたら心配になってしまうよ」

青かった顔は一瞬で真っ赤になった。

(可愛いって……！　アッシュが、可愛いって！)

褒められたのはキララではなく、「辺境貴族の次女」だ。仮の姿である。

それでもキララは嬉《うれ》しくなってしまう。

舞い上がっているせいか、仮面を被《かぶ》った今だけは素直になれた。

「優しいアッシュお兄様《にいさま》。お慕いしております」

キララはアッシュに身を寄せた。

(これは演技なんだから。演技だから仕方なくなんだから……！)

それなのに彼を掴《つか》んだ手が離せないのはなぜだろう。

アッシュがじっと見つめてくると、キララは耐えきれなくなった。真っ赤になった顔を逸《そ》らし、誤魔化すように告げる。

「少し夜風に当たってきますね」

「では、私も行こうか」

アッシュが優しく手を取った。

いったい、これはなんだろう。手を繋《つな》いでいる。アッシュと自分が。握力を比べ合っているわけじゃない。恋人がするようなアレだ。設定は兄妹だけど。

なんだかふわふわして、足取りがおぼつかない。

どれだけ歩いたのかわからないけれど、気がついたときには屋敷の外に来ていた。

「ふう、疲れましたね。上流階級の方々と付き合うのも大変です」

アッシュは普段の態度に戻ってしまった。

キララも夢から覚めたような心地になる。もはや一夜限りの仮面舞踏会は終わってしまったのだ。

「もう満足したのかしら？」

「ひとまず、必要な情報は仕入れました。これ以上いても、あまり収穫はないでしょう」

「そう。楽しそうだったし、もっとおしゃべりを満喫してもよかったのよ。いつもみたい

に、夜の約束だって……」

「なにか勘違いしているようですが、仕事でやっているだけですよ。貴婦人たちの相手より、キララさんを見ているほうが楽しいですし」

「えっ……？」

ちょっぴり声がうわずってしまった。

まさか、アッシュがこんなことを言うなんて。やっぱり、今日の彼はどうかしている。

まだ仮面を着けたままなんだろうか。

「なにせ、貴婦人には冗談が通じませんからね。キララさんと違って、ちょっと小馬鹿にしただけで怒りますし」

「私も怒ってるんだけど！」

「まあまあ、いつものことですし」

「なんて男なの！」

やっぱり、いつものアッシュだった。

素顔の彼は本当にろくでもない男だ。それなのに、なんだか安心している自分がいる。

「キララさんに気を使っても仕方ないじゃないですか」

「少しくらい使ってほしいんだけど」

「信頼している証ですよ」

「それなら仕方ないかしら。アッシュは私がいないとダメね！」

「貴族の相手も疲れますが、キララさんの相手も別の意味で疲れますね。ふう」

「なんなのよ、もう！」

怒りつつも、彼の手が離せないキララであった。

人気《ひとけ》のないところでいつもの服に着替えると、もはや辺境貴族の面影も消え去った。

夜道を歩きながら、キララは彼の横顔を見る。

「ねえアッシュ。あのときのこと……覚えてる？」

「ええ。もちろんです」

秋の夜風は少し冷たい。

舞踏会に出たせいで思い出してしまった。楽しかった故郷の日々を——戦火に焼かれた屋敷のことを。

「忘れられない記憶よね」

「いまだに夢に見ますよ。自分の無力さも思い知らされます」

「仕方なかったことよ。アッシュのせいじゃないわ」

「ええ、私は自分の役割を果たしました。あの頃から優秀ですね」

「……そういうところ、ほんとアッシュよね」

「事実を言ったまでですが」

キララはため息をついた。

けれど、変わらないままでいてくれるのは、自分の前だけかもしれない。そう思うと、ちょっとだけ彼の態度も許せるのだった。

「カザハナに行ってみますか？　戦争も終わったので少しずつ復興しているそうですよ」

「もうあの頃の面影はなにも残ってないわ」

「きっと花畑はあるでしょう」

いつも遊びに行っていた場所で、キララはよく花の精霊と話をしていた。

懐かしくなる。あそこに来たのはアッシュだけだった。町の子供たちは、独り言を言うなんて気味が悪いと、彼女に近寄らなかったのだ。

「……この件が片づいたらね」

「そうですね。さっさと終わらせてしまいましょう」

キララはアッシュとともに、次の仕事に取りかかるのだった。

◇

オルヴ公国の首都に来て数日。フェリクスはシルルカ、リタと一緒に町を歩いていた。

精霊王関連の情報を得るために町の中を調査しているのだが、これといった当てもないため、もはや観光と大差ない。

　今日は精霊教に関する施設を巡る予定であり、リタが気になったところを片っ端から訪れていた。

　あれこれ眺めて、やはりこの国は宗教色が強いと再認識する。

　町中の教会から宿、果ては料理店まで、なにからなにまで精霊に絡めているのだ。観光地としての側面なのかもしれない。

「次はどこに行くんだ？」

「えっと、おいしそうな匂い——違った、おいしそうな精霊さんがいます」

「言い換えても同じなんだが。飯はさっき食っただろ。観光っぽい施設はないのか？」

「いろんな施設が集まってる場所があります！　博物館、美術館、音楽館、図書館です！」

「たくさん名所があるのに、なんで食い物の話ばかりしたんだ」

　頼りになるのかならないのか、おとぼけなリタである。

　そこは芸術区と呼ばれており、文化的な施設が多々集まっているらしい。

　首都の中心に向かっていくと、五階建ての巨大な建造物が五棟まとまって建っており、それぞれが渡り廊下で繋《つな》がっていた。

　中央にあるのは管理棟で、一般客は立ち入れないらしい。

三人がまず向かったのは、『精霊王の遺物』が収蔵されていると噂《うわさ》される博物館だ。この国で一番大きく、たくさんの史料が展示されているらしい。

中に入るなり、リタがはしゃぐ。

「わあ、大きな年表！」

このオルヴ公国の成立から現在に至るまで、大きな出来事すべてを記載した年表が展示されていた。

国の成立は数百年前に遡《さかのぼ》る。

カルディア歴一九五年。精霊王オヴェリスは邪悪なるものを退けて新天地を創造した。これは精霊教にとって普遍的な事実らしく、どこで聞いても同じ内容だ。

翌年、十三代目オルヴ公が領主となり、この公国は建国されたらしい。

ざっと眺めてみるが、参考になりそうな部分は特にないので、館内を回ることにした。

古代の暮らしや精霊との関わり、そして教徒たちによる戦。この国はずっと宗教とともにあった。

「この剣と鎧《よろい》、かっこいいね！　精霊様が宿ってるんだって！」

リタは大はしゃぎだ。

古代の遺物だから、飾りはほとんどなくて無骨で、ちっとも洗練されていないのだが、そこが気に入ったらしい。

一方、シルルカは冷静である。

「精霊は宿ってないと思いますよ。力を感じません」

「そんなことないよ。リタ《リーン》が触れたら、本当の力を取り戻すんだから」

「仮にすごい剣だとしても、使い手はリタ《リーン》さんではないですね」

「言い合ってないで、次に行こう。展示物は多いんだから、回りきれないぞ」

公爵家の歴史や、民謡など庶民の文化、精霊教との関わりなど、様々な身分における資料が公開されている。

ひととおり見た後、出口を探していると、裏口のほうに司祭と思《おぼ》しき人物が入っていくのが見えた。

リタに視線を向けると、音を探るべく狐耳を動かしてくれる。

しばらくして彼女が話を始めたので、シルルカは遮音の魔術を用いた。

「王の秘宝をどこに動かすか、と話していました。結局、決まらなかったみたいです」

「まさか、精霊王のものか？」

「追跡しましょう」

「えっと、魔術が通用しない場所が多いみたいで、音が聞こえなくなって、居場所がわからなくなっちゃいました」

建物内には重要な宝物などが保存されているからだろう。

警備の兵もあちこちに立っている。

「とりあえず、いろいろ回ってみよう。リタ《リーン》はできるだけ周囲の会話に注意してくれ」

「任せてください！」

続いて彼らは美術館へ。

どの施設も公国が管理しているため、職員も共通だ。こちらでも精霊王についてなんらかの情報が手に入るかもしれない。

真っ先に出迎えてくれたのは巨大な絵画。

大きな翼を持つ人が描かれ、全体が神々しい銀の光に包まれている。精霊王オヴェリスの絵である。

説明によれば、精霊教では死後、精霊の御許《みもと》に行くと考えられており、その光景を表現したとのことだ。

（本物を見て描いたわけじゃなさそうだな）

ザルツの腕とは違っているし、フェリクスの翼とも異なっている。

とはいえ巨匠が描いたらしく、歴史的な意味はなくとも芸術的な価値は高いようだ。

美術館は警備の兵がひときわ多いが、その理由は展示物にある。

美しいガラス細工の器や金属細工の施された杖《つえ》、見事な織物、絵画、繊細な彫刻など、壊れやすく高価なものが多いのだ。

フェリクスはやんちゃなリタを、警戒の目でじっと見つめる。今にも走りだしそうだ。

「どうしました？　リタ《リーン》に釘付《くぎづ》けですか？」

「ああ。目が離せなくなったな」

「きゃっ。師匠はお宝よりリタ《リーン》がいいんですね！」

「仕方ありませんね、走らないように手を繋《つな》ぎましょうか」

「百貘《ルシユカ》と繋いでも嬉《うれ》しくないよ」

「私だって同じです！」

そんなことを言いながらも、仲良く手を繋ぐ二人であった。

やがて一番の宝物である精霊王の羽根の前にやってきた。数百年前から公爵家で保存されていたものだが、この美術館ができた際に寄贈されたらしい。

「違いますね」

別の大精霊の羽根らしく、シルルカは首を横に振った。

シルルカもシルフ精霊域やセイレン海で大精霊の加護を受けているから、違いがわかるようだ。

ちっとも見分けがつかないのは、大精霊の加護がないフェリクスくらいだろう。本人は精霊王の翼を持っているにもかかわらず。

そんなことを考えながらリタを見れば、したり顔で頷《うなず》いていた。

（わかってない顔だな）

ちょっぴり安心するフェリクスであった。

そこでリタが狐耳を揺らす。今度は見張りの兵が休憩中に別室で話しているのを聞いているようだ。

「騎士が訓練をするようです。なんのためでしょうか？」

「詳しく聞きたいが……」

「あ、休憩が終わっちゃいました」

またしても、途中で情報が途切れてしまった。

気を取り直して、次は音楽館だ。

大きなコンサートホールが一番のウリであり、今日も演奏会が行われているようで、扉越しに音楽が流れてきていた。

とはいえ、のんびり演奏を聴いてもいられない。音楽の中ではリタも話を聞き取りにくいだろうし、ホールに行っても仕方なさそうだ。

展示物は楽譜や楽器などで、音の精霊が宿った蓄音機もある。

常に心地よい音楽が流れる空間で、シルルカは目を細めながら狐耳を揺らしていた。

そこに不協和音が混じった。リタが体験用の打楽器をポカポカ叩《たた》いているのだ。リズムはメチャクチャである。

「師匠、どうですか？」

「ど、独創的だな……！」

「えへへ。音楽家も夢じゃないです！」

「寝ぼけてないで夢から覚めてくださいよ」

リタの演奏に呆《あき》れるシルルカであった。

ここではレッスンも受けられるそうだが、それは観光客として来たときにしよう。

「あとは図書館か」

「楽しみです」

シルルカは本が好きだから、好奇心が抑えられないようだ。

中には無数の本棚が設置されており、数えきれないほどの蔵書がある。案内板によれば、十万冊もあるとか。

閲覧室は広くゆったりしており、開放感がある。椅子や机も落ち着いた雰囲気のもので、くつろげそうだ。

「ちょっとだけ、読んでいったらダメですか……？」

シルルカが上目遣いでおねだりする。

仕事よりも個人の興味を優先することになるから遠慮していたが、我慢できなかったようだ。

「いいんじゃないか。まだ時間もあるしな」

「ありがとうございます」

シルルカは嬉《うれ》しそうに尻尾をぱたぱたと振りながら、本棚に向かうのだった。

彼女がオルヴ公国の文学作品を探す一方、リタは子供向けの絵本を眺める。

(ここは静かだから、会話も聞き取りやすいだろうな)

そう思うフェリクスだが、いつしかリタは絵本をじっと見つめながら、興奮したり喜んだり、泣きそうになったりしている。

(……会話を探ることを忘れてるんじゃ?)

「リタ《リーン》、大丈夫か?」

「だ、大丈夫です。泣いてないです。絵本ですからね、ポッピーくんが死んだくらいで、へこんだりしません」

「いや、仕事を忘れてないかってことだったんだけど」

(なんだポッピーくんって)

リタははっとすると、読み終わった絵本を閉じるのであった。表紙には主人公と思《おぼ》しきポッポ鳥が描かれているから、その名前なのかもしれない。

彼女は気持ちを落ち着かせると、「任せてください」と言うのだが、別の絵本を手にすると、またのめり込んでしまうのだった。

仕方がないのでフェリクスは館内を探索する。

裏口のほうに近づいてみると、司書たちの会話が聞こえてきた。

「祭場はベルグの丘になったそうですよ」

「ははあ。確かにふさわしいですね」

「ええ。楽しみです。……おっと、これはまだ口外してはならない情報でした」

「これは危ない。気をつけてくださいね」

なんの話かはわからないから詳しく聞こうとするも、足音が近づいてきたのでフェリクスはさっとその場を離れた。

早速、シルルカとリタに聞いてみる。

「ベルグの丘って知ってるか？」

「首都の近くにありますね。このオルヴ公国に満ちている風と大地の精霊が生まれる場所と言われています」

「よく知ってるな」

「さっきの本に書いてありました。文学によく登場する場所らしいですよ」

そこで精霊王の右腕に関する儀式が行われるとしてもおかしくはなさそうだ。まずは場所を確認しよう。

地図を持ってきて眺めていると、リタが狐耳をピンと立てた。

「あ、ベルグの丘の話をしている人はほかにもいました」

リタはちゃんと仕事をしているようだ。

今度はベルグの丘でなにが行われるのか探ってみてもよさそうだ。

フェリクスはそれからしばし、付近で情報を集めようとするのだが、めぼしい話はなかった。

もしかすると、先ほどは司祭が連絡にやってきたタイミングだったから、その話をしていただけなのかもしれない。

(これ以上、ここにいても仕方ないか)

ちょうどシルルカも興味のある本を読み終わったところだ。リタは飽きたらしく、長椅子でごろごろしている。

この辺が潮時だろう。

「さて、次はどうする?」

「大聖堂に行きたいです! あとお城!」

「なるほど。名案だな」

どちらも精霊教や貴族らが関わる場所だ。なにか秘密の情報も得られそうである。

図書館を出ると、リタはぱたぱたと元気に小走りになる。じっとしていたから、体を動かしたくなっていたようだ。

「早く早く」

と急《せ》かされて、フェリクスとシルルカも早足になる。

城に向かう途中に大聖堂はあるから、寄っていけばいい。

どこにあるのかと探すまでもなく、遠くからでも見える立派な建物が大聖堂だ。全体的に丸いデザインで、あまり塔は目立たない。

中に入ると、精霊を模した彫像がいくつも設置されていた。

オーラン自治区の教会堂も立派だったが、こちらは精霊に関する工夫が凝らされており、引けを取らない。

（そういえば、あのときは天井をぶっ壊してしまったな）

フェリクスはつい見上げるのだった。

三人も祈りを捧げる者たちに交じって石像を見据える。精霊王を模したものだ。

その間にもリタは情報を集めてくれているものの、遮音の魔術が使われており、ほとんど聞こえないようだ。

できるだけ長居したいところだが、周りの教徒らが帰り始めると、不審がられないように三人も立ち去るしかない。

「わかったことは？」

「公爵も私兵を出すって言ってました。ほかは特にありません」

「なるほど。騎士の訓練といい、戦いを想起させる内容だな」

シルルカは町の様子を眺めつつ尋ねる。

「心なしか兵が多くないですか？　いつもこうなのでしょうか？」

「言われてみれば確かに……」

「町の人も気にしてるみたいです」

ザルツのことがあるからだろうか。

（いや、それならばもう少し緊張感があるか）

兵たちはそれほどピリピリしてはいない。

「あ、そういえば近頃、『記念祭』があるそうです。そのせいかも」

「訓練や私兵はそのためか？」

「どれも決定的な情報じゃないですよね」

全貌が見えてこないため、推測に推測を重ねているにすぎないのだ。

結論が出ないまま話をしていると、城に到着した。中に入るわけにはいかないため、城壁の周囲から眺めるだけだ。

防衛拠点としての性質はなく、こぢんまりと四角くまとまっている。白い壁と青い屋根が爽やかな印象を与える。

付近には警備の兵もいるため、あまりあちこち動き回っていたら怪しまれてしまう。

だからチャンスは一回きり。ぐるりと城の周りを散歩しながら、リタが内部を探る。

ここはザルツに関わる連中が潜んでいる可能性が一番高い場所だ。気を引き締めていかなければならない。

できるだけゆっくり、自然に歩いていく。

立哨《りっしょう》がすれ違いざまにこちらを一瞥《いちべつ》すると、フェリクスは「お勤めご苦労さまです」と頭を下げる。

すぐに兵も、彼らに気を留めなくなった。

（……ちゃんと見張りをしろよ）

そう内心で呟《つぶや》きつつも、シルルカの幻影の魔導もリタの音の魔術も高度だから、並大抵の実力では見破れないのだと、誇らしく思うのだった。

やがて彼らは城門の前まで来てしまった。一周するまでもう少しだけ距離はあるが、どうしたものか。

フェリクスが考えていると、リタが彼の服の裾をくいくいと引っ張った。

彼女は目線で門のほうを見るようにと伝える。ややあって、開門とともに一台の馬車が出てきた。

立派な装飾がなされており、貴族が乗っていることが窺《うかが》える。

（あれを追えばいいのか）

彼らは大通りを移動する馬車を追跡する。

リタは狐耳をそちらに向けて、しっかりと音を拾っていた。

警備の兵は馬車の前を歩いているが、ときおり後ろも気にしている。その目線が向けられると、フェリクスはリタとシルルカの手を引いて、歩行者の陰に隠れる。

(ふう、危ない)

フェリクス一人なら目にも留まらぬ速さで移動することもできるが、シルルカとリタもいるため、そういうわけにもいかない。

歩行者が多くて隠れるのに都合がいいとはいえ、視線もその分だけ増えてしまうので、普通の旅行者としての行動しかできないのも不便だ。

いつまで不審がられずに追跡できるか。

引き際を考え始めたところで、馬車は裏通りへと入っていった。

道を一本外れるだけで人気《ひとけ》はなくなる。

フェリクスはリタとシルルカを抱えると、木箱の陰へと転がり込んだ。そしてリタが合図を出すたびに、建物の陰から陰へと飛び移る。

十字路を幾度か過ぎたところで尾行は終わりを迎えた。馬車が目的の場所に到着したのである。

(貴族の館か。家名はフォーディー)

ここまで押さえれば、あとはリタの情報次第だ。

（まだここにいるか？）と目で問えば、（離れます！）と返してきたので、さっとその場を離れる。

遮音の魔術を使うなり、リタが話し始めた。

「えっと、お城のほうではめぼしい会話はありませんでした。馬車の中のお話で、大事そうなところだけ復唱します」

『ゼーブル殿は青の洞窟に行かれるという話だったな』

『聞いておらぬが……』

『なんと、フォーディー家もか。私も偶然、小耳に挟んだだけなのだ。……それにしても、近頃はあの周辺で隠し事が多すぎる』

『しっ。聞かれたら事だぞ』

『わかっておる。だが、今は大事な時期だ。不満の一つも言いたくなろう』

『我々は自分たちの仕事をしかとなせばよい』

『うむ。全力を尽くそうではないか』

「――だそうです」

車内で話をしていた二人の貴族のうち、一方は屋敷の主であるフォーディー家の者だったようだ。

「どうやら、大事な時期というのは共通しているようだな」

「はい！　いろんな人がバタバタしてました」

「とはいえ、どれも断片的だな……」

「情報も集まりましたし、いったんアッシュさんと合流しませんか？」

「そうするか。アッシュたちと情報をすり合わせれば、名案も出るだろう」

「すでにザルツの居場所を見つけてくれているかもしれませんしね」

「そうだといいな。手間が省ける」

フェリクスはポポルンを飛ばし、アッシュと連絡を取るのだった。

◇

五人は宿の一室に集まっていた。

先ほど全員が到着したばかりだが、休憩もそこそこに、遮音の魔術を用いるなり話し合いが始まる。

「団長、調査の進捗《しんちょく》はどうですか？」

「いろいろと興味深い話は聞けたが、どれも決定的じゃないな。そっちはどうだ？」

「似たようなものですね。重要な資料も得られましたが、ほかの情報となかなか結びつきません」

「やはり、相手も情報が漏れないようにしているんだろうな」

うっかり口にしてしまう者もいるとはいえ、気をつけてはいるようだ。

「それでは団長から報告をお願いします」

「ああ。まずは芸術区で得られた情報だが、一つ目は王の秘宝をどこに移すかと司祭が話していたということ。二つ目は警備兵が騎士の訓練について言及していたこと、三つ目は祭場がベルグの丘に決まったということだ。これは首都のすぐ近くにあり、風と大地の精霊が生まれる場所だそうだ」

「なるほど。続けてください」

「大聖堂では公爵も私兵を出すと司祭が言っていた。また、城から出てきたフォーディー家に親しい男曰《いわ》く、ゼーブルという者が青の洞窟に行くが、周囲には伝えていないとのことだ。……だいたい、こんなところか」

フェリクスは言い忘れたことはなかったかと確認する。

シルルカは「重要そうな話はそれくらいですね」と頷《うなず》いた。

「なにか大きな出来事のために動いているのはわかるのですが、アッシュさんはどう思いますか？」

「先に私の報告をしてから考えましょう。話が繋《つな》がりそうです」

アッシュは淡々と話し始めた。

「まず、ゼーブルはオルヴ公爵の側近らしく、貴族の中でもとりわけ有力者のようです。次に、精霊関連の政務における最高責任者の娘から話を聞いたのですが、父親は忙しくて近頃家に帰らず、来月には落ち着くということでした」

「精霊関連で多忙ということか。ザルツに関係がありそうだな」

「私も最初はそう考えていたのですが、どうやら違うようです」

どういうことか、アッシュは説明してくれる。

「今月は『記念祭』があるんですよ。そのためザルツ関係の話と、記念祭の話が混在しているんです」

「そうだったな。街中も警備の兵が多かった」

「気になったので調べてみたところ、名簿が手に入りました」

「いったいどうやって」

「まあ、表には出せない方法ですよ」

アッシュは「そんなことより」と続ける。

「精霊関連の政務の担当者はほとんどが記念祭に携わっているようです。トップも含めてですね。フォーディー家も含まれていました」

「となると、フォーディー家に内緒で動いているゼーブルが怪しいな」

公爵の側近である大物が、『青の洞窟』に行くなど、記念祭以外のことでこっそり動いているとなれば、魔人関連の疑いが強まる。

「ゼーブルもオルヴ公爵も記念祭の名簿には名前がありませんでした。だというのに公爵が私兵を出すということは……」

「警備しなければならない『大事ななにか』があるんだろうな」

真っ先に浮かぶのは、精霊王に関することだ。

「祭場の案としてベルグの丘もあったようですから、芸術区で得た話は、記念祭に関する内容である可能性が高いですね」

「確かに、それほど警戒している態度ではなかったな。王の秘宝というのも、祭具かなにかだろう」

つい『王』という言葉に引っ張られてしまった。セレーナがその言葉を使っていたから、先入観があったのだ。

そちらは念のため後ほど調べておくとして、あと残る情報は……。

「青の洞窟か」

ゼーブルが向かう先であるが、近辺の地図には載っていなかったはず。

こちらはすぐに答えがあった。

「青の洞窟は精霊王降臨の地の別名よ」

キララが得意げな様子で言う。

「詳しいな」

「そっか。キララちゃんは観光案内名人だったんだ」

「精霊使いの常識よ！　これは観光情報じゃないわ！」

「『これ』以外は観光情報ばかりなんですね」

「そ、そんなことは……！」

思わず言葉に詰まるキララであった。

アッシュが先を促すので、フェリクスは話を続ける。

「内緒で行く先が精霊王降臨の地となれば、もうザルツ関連で決まったようなものだろ。あとはキララが足取りを掴《つか》めれば、それで確定だ」

「そうね。精霊たちに聞いてみるわ」

「さて、場所がわかったとして、どうしましょうか」

アッシュの問いに、フェリクスはすぐに反応する。

ザルツたちの陰謀を打ち砕き、討伐することこそ騎士団の使命である。

「もちろん、精霊王の腕を取り戻すんだ」

「そんなことはわかっています。具体的な方法を聞いたんですよ。まさか、考えなしに突っ込むつもりですか？」

「そ、そんなわけないだろう。ちゃんと策はあるぞ」

「団長に聞いたのが間違いでした。私が考えますから、戦いに備えて腕立て伏せでもしていてください」

「やりましたね団長さん！　アッシュさんのお墨付きで遊べます！」

「やったあ！」

「喜ぶなよ！」

　シルルカとリタは楽しそうにしているが、一方で納得できないフェリクスである。戦いについては話し合いもして、きちんと進めていたはずなのに。

「念のため聞いておきますが、団長の策はどんなものなんですか？」

「変装中なんだから、隙を見て突撃して精霊王の腕を奪えばいいいんじゃないか？」

「我々は存在がバレただけでもまずいんです。警備は厳重でしょうし、もう少し人目を引かない方法を考えましょうよ」

　ますますアッシュに呆《あき》れられてしまうフェリクスであった。

◇

　首都から離れた精霊王降臨の地で、セレーナは立哨《りっしょう》をしていた。

上層部からは何者も通すなと言われている。大事な仕事だそうだが、実は、ただ遠去けられているのだ。

彼女に関わってほしくないことがあるのだろう。計画はなにも知らされていないし、これ以上は深く立ち入ることがないように、彼女自身にも監視の目が光っている。

(いつもこういう扱いだ)

戦力としてはたいそう期待されているが、ただそれだけなのだろう。

その理由も、彼女自身がよくわかっていた。

セレーナは『豊穣の地』での生活に思いを馳《は》せる。

幼いセレーナはあの村が嫌いだった。田舎でお洒落《しゃれ》とはほど遠く、魅力なんてなにもないし、いつも労働の手伝いはさせられるし、大人になったらさっさと出ていってやる、と毎日思っていた。

両親はふて腐れる彼女に、この平和は精霊様のおかげなのだから感謝しなさいと説いたが、また小言を言っていると、セレーナはいつも聞き流してばかりであった。

そんな代わり映えのしない生活は思いも寄らぬ形で崩壊する。

その日も手伝いをサボって山で遊んでいたセレーナは、村がまばゆい銀の光で包まれるのを目にする。

いったいなにが――

村へ走って戻ったセレーナが目にしたのは、なにもかもが消し飛ばされた村であった。頭が真っ白になったまま立ち尽くしていると騎士団がやってきた。そして、セレーナは彼らに拾われて育てられることになったのだ。

だからセレーナは騎士団に所属しているが、自分から信徒になったわけではない。とはいえ熱心な宗教家であった父と母との繋《つな》がりのようにも思われて、今も騎士であり続けている。もうその必要はないと自分でわかっていても。

セレーナは見張りの死角に入ると、自分の手元に視線を落とした。魔術で生み出した小さな炎には、うっすらと銀色の光が混じっている。

（なぜ、私にこの光が——）

彼女が騎士となってから数年、ずっと調べ続けてきた結果、あの豊穣の地ではなんらかの実験が行われていたことが判明した。資料はすべて廃棄されており、わかったのはそれくらいだ。

あの村に来た騎士たちが危ない橋を渡っていたのは間違いないだろう。実験があったという事実は隠されているのだから。

セレーナも選択を間違えていたら、目撃者として消されていた可能性がある。彼女が生きてこられたのはこの力があったからだが、それは同時に故郷を消した力でもあった。

いや、その考えも確実ではない。

本当にあの銀の光が両親や村人の命を奪ったのか、あの村でなにがあったのか、上層部はなにをしようとしているのか——まだなにもわかってはいないのだから。

（あの男はなにを知っている？）

フェリクスとは竜魔人との戦いで共闘したが、そのときに彼が自分と同じ光を使っていることに気がついた。彼のほうは、セレーナの光を感じ取っていないようだった。比較にならないほど薄いからだろう。

あの光と何か関係があるのではないかと疑っているのだが、彼が上層部と関わっていれば、セレーナを知っていたはずである。だがそんな様子はなかった。

もしフェリクスがあの事件に関与していたのであれば、復讐《ふくしゅう》をしようとも考えていた。

しかし——

（そんな資格が私にあるのか）

生き延びるために騎士団の手足となって働き、一人で生きていけるようになってもまだ、その生活に囚《とら》われたままだというのに。

これまでの人生で自分の意思なんて、ほとんどありはしなかった。いいように使われる駒でしかない。

セレーナが俯《うつむ》いた瞬間、異変があった。

「これは……」

あのときと同じ感覚だ。銀の光が迸《ほとばし》る前の嫌な予感が彼女の身を苛《さいな》む。

であれば、あそこで行われているのは――

（どうする……!?）

再びあの悲劇を繰り返させてよいのか。だが、自分が行ったところでなにができる。ただの立哨《りっしょう》でしかないというのに。

（いや、そうではない）

民を守る騎士として行かねばならないのだ。そうでなければ、一介の騎士である資格すらなくなってしまう。

迷うセレーナが覚悟を決めようとそちらに視線を向けるや否や、さらなる知らせが舞い込んだ。

無数の精霊たちの声が風に乗って流れてくる。

――侵入者あり。

◇

精霊王降臨の地の中心部にオルヴ公はいた。

洞窟の中とは思えないほど広い空間には、青白い輝きが満ちている。彼の杖《つえ》に埋め込まれた宝玉は、その光を浴びてぎらついていた。

左右には護衛の騎士たちがずらりと並んでおり、ややもすると戦の準備をしているようにすら見える。

彼の眼前では、これから精霊王降臨の儀式を執り行うべく、精霊教正教派の司祭たちが慌ただしく動き回っていた。

「いよいよか」

オルヴ公は呟《つぶや》きながら祭壇を眺める。

数百年前に精霊王降臨の儀式が行われた状況を再現しており、美しい花々が咲き誇っていた。その中心にはザルツが献上した『精霊王の右腕』が置かれており、周囲には炎から生じたとされる宝剣や溶けない氷の結晶、風を閉じ込めたと言われる宝石など、オルヴ公国に代々伝わる品が並んでいる。

これらは歴史的な重みだけでなく、極めて実用的な価値を持っていた。

やがて司祭が駆け寄ってくる。

「オルヴ公、準備が整いました。いつでも儀式を始められます。しかし……魔人どもに連絡もなしに進めておりますが、本当によろしいのですか？」

「魔人など捨て置け。我々のことをなにも知らぬと侮ったのはやつらのほうだ」

「今やどこにいるのか連絡も取れませんし、この精霊王の右腕は献上されたもの。どう扱おうが問題はございませんな」

「そうだ。それに我々が精霊王の力を手に入れた暁には、もはやあのような者など取るに足りない。我々はこの先へ進む先導者となるのだから、いちいち囚《とら》われてはいられぬ。……さあ、始めたまえ」

「はっ！」

司祭らは祭壇を取り囲むように位置しながら、植物を粉末にしたものや草花から抽出した液体を混ぜ合わせて火にくべる。古代の教徒たちが英知を結集して生み出した、精霊を引きつけるための秘術である。

司祭らが古文書を読み解くことで蘇《よみがえ》った技術であるため、若干の差異はあるが、おおむね効果は高いらしい。

次第に洞窟内に香気が立ち込め、数多《あまた》の精霊たちで賑《にぎ》わい始めた。

その呼び声は精霊王にも届くであろう。

「素晴らしい。このときを待ちわびていた」

オルヴ公は精霊たちの舞いに目を奪われていた。

そして彼は打ち震える。

偉大なる歴史の一場面に立ち会える光栄に、オルヴ公国のさらなる繁栄の兆しに、この美しい光景が我が物となることに、オルヴ公国数百年の歴史を引き継いで正当なる支配者美しい祭壇に隠された卑劣な罠《わな》が、精霊王を捕らえる瞬間を待ちわびていた。

「我らが時代の到来を称《たた》えよ！」

となることに！

◇

フェリクスたち五人は精霊王降臨の地を遠方から眺めていた。

そこは『青の洞窟』の異名を持つように、洞窟の内部であり、外からは隔絶されて日の光も当たらない。

それでもランタンなどの明かりが不要なのは、内部の壁が青白く輝いているからだ。光の精霊たちが宿っているからだと言われており、精霊がよく集まる土地であることを示している。

ともあれ、フェリクスたちはそのような防御しやすい場所へと侵入しなければならないのだ。準備は念入りにしなければ。

「精霊王の反応はどうだ？」

「洞窟の奥から反応がある。一般には詳しく知らされていないから、事実かどうかはわからないけれど、最奥に祭壇があると言われているわ。反応の場所はおそらくそこね」

キララが告げると、いよいよ目標の場所が定まる。

内部の地図を描いていたリタは「ここです！」と、大きな丸をつけた。

遮音の魔術が用いられているため、全貌は明らかにはなっていないが、おおよその位置は把握できる。

「さて、手順はいいですね？」

アッシュが最後に確認する。

今回は一本道であるため敵との接触が多くなる。そこで内部にいる兵を気絶させ、シルルカの幻影の魔導で変装して、自分たちが兵の姿になるという策を採ることにした。

その後、なんらかの理由をつけて精霊王の腕を貸してもらい、そのままずらかるという手筈《てはず》である。

「リタ、ちょうどよさそうな兵はいるか？」

「えっと……歩きながらおしゃべりしてる人たちがいます」

歩哨《ほしょう》であれば、立哨と違って持ち場を離れていても気づかれにくい。しかもサボっているらしく、いなくなっても影響はなさそうだ。

「よし、そいつらの顔を借りよう」

「五人なのでぴったりです。あ、でも全員男性みたいです」

「なるほど。見た目はなんとかなるが、声はどうしようもないか。……なにかあったときは、俺とアッシュがうまく受け答えしないといけないな」

「団長ですか……心配ですね……」

「そこまで不安がるなよ！」

「仕方ないので、私一人に注意が向くように努力します」

「アッシュさん、頑張ってくださいね」

「大変だね」

「大丈夫よ、アッシュならきっとできるわ」

「……あの、俺は？」

「団長の口は嚙《か》み付くための武器ですから、戦いに備えて取っておいてください」

「戦いなら任せろ……って、嚙み付かないっての！」

これから戦いに行くとは思えない賑《にぎ》やかな面々である。

今回は、変装のためにシルルカ、敵の把握のためにリタ、精霊王の右腕の追跡のために
キララについてきてもらわないといけない。

彼女たちを守りつつ、はぐれないようにしなければ。

「冗談はともかく、皆はしっかり守るからな」

「頼りにしてますよ、団長さん」

いよいよ、潜入の段となった。

フェリクスが手をかざすと、光とともに風が集まってポポルンが現れる。

「頼むぞ」

「頑張ってくださいね」

その鳥はシルルカに撫《な》でられて小さく鳴くと、地面すれすれに飛びながら山中へと消えていく。

それを見送った後、フェリクスはシルルカとリタを、アッシュはキララを抱きかかえて駆けだした。

二人は一瞬にして洞窟の入り口近くの草むらに飛び込む。目にも留まらぬ速さだ。

洞窟の入り口には二人の見張りが立っており、まっすぐに突っ込めば見つかってしまうだろう。

リタがちょうどいいタイミングを見計らい、それに合わせて動くことになる。

息を潜めて待っていると、彼女の狐耳が二度揺れた。突撃の合図だ。

（ポポルン！）

フェリクスが飛び出すや否や、洞窟の近くの茂みがガサガサと動いた。

「……なんだ？」

見張りの注意がそちらに向いている間にフェリクスは移動し、死角に隠れる。入り口まであと数歩だ。

（さて、動いてくれよ）

彼がどれほど俊足であっても、見張りが入り口の前から移動してくれないことには、どうしようもない。

じっと待っていると、ぴょんとウサギが飛び出した。

「ったく、驚かせやがって」

見張りはほっと一息つく。

その直後、巨大な猪《いのしし》が姿を現した。

「な、なんだこいつ！」

「いつの間に近寄りやがった！」

見張りの兵は及び腰になりながらも、なんとか追い払おうとする。そのうちについつい、持ち場を離れてしまった。

（今だ！）

フェリクスとアッシュは洞窟の中へと突入するのであった。ここから先は少しの間、敵がいないため一息つける。

しばらくして、見張りの兵の声は聞こえなくなった。

（ポポルン、お疲れさま）

フェリクスは内心で、労《ねぎら》いの言葉をかけるのであった。

今回うまくいったのはポポルンのおかげだ。なにしろあの猪はシルルカの幻影の魔導で変装したポポルンなのだから。

偶然獣が現れたのではなく、見張りは誘導されていたのである。

内部を進み始めた一行は、リタの案内に従いながら移動していく。幻想的な青白い光に目を奪われそうになるが、今はのんびり観賞している場合ではない。

（……なんだか妙な感じがするな）

ここに来てから、なぜか胸がざわざわする。

精霊たちがたくさんいるせいなのか、それとも……。

通路をいくつか曲がったところで陰に潜み、幻影の魔導で姿を隠しながら歩哨《ほしょう》をやり過ごし、いよいよ目的の場所へ。

話に夢中になっている五人組の兵は、フェリクスたちの接近に気がつかなかった。

フェリクスはあっという間に彼らの口に布を押し込み、声を出せないようにする。同時にシルルカが幻影の魔導を見せて、おとなしくさせた。

今回はできるだけ手荒なことはしない方針である。

すぐ近くに荷物置き場と思《おぼ》しき部屋があるため、そちらに向かうも、鍵がかかっていた。リタによれば、中に人はいないらしい。

（少し待ってください）

シルルカは魔術で石を変形させると、鍵穴に通していく。

その間にも、コツコツと見張りの足音が近づいてくる。急がなければ！

（もう少し……！）

カチャンと音が鳴ると、ひやりとしつつも扉の奥へと飛び込んだ。

「……大丈夫みたいですね」

アッシュが扉のほうを窺《うかが》いつつ呟《つぶや》いた。

彼は先ほどからすでに遮音の魔術を使っていたらしい。だから鍵が開く音も響かなかったようだ。

「よし、こいつらの顔に変えてくれ」

「わかりました」

シルルカは意識を失った男たちの顔を確認しつつ、フェリクスたちに幻影の魔導を用いていく。

その間に鎧《よろい》などを借りておくのも忘れない。

全員の変装が終わると用は済んだ。

男たちがしばらく起きないように魔導を使いつつ、部屋の隅に集めて寝かせて布を被《かぶ》せておく。

あとはバレないように気をつけながら奥まで進んでいくだけだ。

「……シルルカ？」

彼女は棚をじっと見つめていた。

物がたくさん置いてあるが、フェリクスにはなにに使う物なのかよくわからない。宗教関連の道具だろうか。

「なんでもないです。行きましょう」

一行は荷物置き場を出ると、再び通路を行くのであった。

この洞窟は小さめの城に匹敵する大きさがあり、最奥部に到着するには時間がかかりそうだ。

広い分だけ見張りも散らばっており、迂回《うかい》しやすくなっているとはいえ、中には一本道など、敵との遭遇が避けられない場所もある。

前方に兵を見つけたフェリクスたちは、覚悟を決めて歩いていく。できるだけ違和感がないように自然な態度を取りながら。

見張りの兵は彼らに気がつくと一瞥《いちべつ》をくれる。いったん視線を外したものの、二度見して怪訝《けげん》そうな顔になった。

「おい、お前たち」

（まさか、気づかれたか!?）

背筋が寒くなるが、表情には出さないままそちらに顔を向ける。

その男はじっとフェリクスのほうを見ていた。

「サボるなよ。今日は特別なんだからな」

「もちろんです。いくら俺でも、こんな日までサボりませんよ」

フェリクスは薄ら笑いを浮かべつつ、やり過ごす。

(……本当はサボってたんだけどな)

本物の見張りはしゃべってばかりだったし、今はすやすやと居眠り中だ。

彼らの代わりに見回りをしてやっているのだから、目が覚めたときにはきっと感謝してくれるだろう。

通り過ぎようとしたとき、

「お前、いつもと声が違うな」

フェリクスの心臓が跳ね上がる。こんなにも早く勘づかれるとは……!

彼の焦りとは対照的に、男は口の端を上げた。

「さてはまた酒を飲んだな?」

「はは、わかっちゃいます?」

「気をつけろよ。俺だから見逃してやるんだからな」

「ありがとうございます」

(まったく、あの兵は本当にろくでもないやつだな)

いや、そのおかげで見逃してもらえたのだから、やっぱりいいやつかもしれない。

思わぬところで時間を食ってしまった。

先を急ぐフェリクスにキララが告げる。

「精霊王の気配が高まってきてるわ。もう時間がないかもしれない」

なにを企んでいるのかはわからないが、可能であれば阻止したほうがいいだろう。

最奥部はもう近くだ。まだ間に合うかもしれない。

人のいないところでは小走りになる一行であったが――

「どこへ行こうとしている？」

曲がり角から現れたのは、騎士セレーナ。

彼女は通路の真ん中に立ち、五人を見据えている。たった一人で行動しているのは、自由に動いていたからか、それともフェリクスたちに気がついたからか。

アッシュはすぐに前に出て対応する。

「至急、お伝えしたいことがございます。通してくださいますようお願いいたします」

「ならば私が言付かろう。わざわざ歩哨《ほしょう》が行く必要はない」

決してその先には行かせぬと、鋭い眼光が語っている。

（……気づいているな）

侵入者がフェリクスたちであると、セレーナには見抜かれている。

魔導を看破されているのではなく、この場に飛び込んでくるのはフェリクスたちだと確信しているのだ。

その上で、今は「不審なオルヴ公国の兵」として扱っている。

こちらの出方を窺《うかが》っているのだろう。対応を誤れば、兵を呼ばれて袋叩《ふくろだた》きにされる可能性もある。

「どうしてもですか」

「ああ」

「では、内密に話をしたく存じます」

アッシュはセレーナを連れ出すつもりのようだ。彼一人が囮《おとり》になるも同然だが、今はそれ以上の選択もない。

対するセレーナはフェリクスへと視線を向けてきた。

「わかった。場所を移そう。そこのお前が一人で来い」

これはセレーナにとっても、駆け引きであったのだろう。見逃す代わりに、フェリクスを引き渡すように告げてきたのだ。

フェリクスは頷《うなず》くと、アッシュに合図した。

(皆を頼む。先へ行ってくれ)

フェリクスは必ずあとで追いつくことを決意する。それまではアッシュがなんとかして

くれることを祈るしかない。

その場を離れて小部屋に入ると、セレーナは扉を閉めて遮音の魔術を用いた。

「侵入した理由はなんだ？」

「精霊王様に関して、通常と異なる反応が見られました。ぜひご報告を──」

「そのような戯《ざ》れ言《ごと》はいい」

セレーナはぴしゃりとはねつける。

「なんのために来た？」

「俺たちがなんのためにここに来なければならなかったのか。それを知るためだ」

なにかを言っているようでなにも言っていないような発言であるが、これが正直な理由である。

オルヴ公たちは精霊王の腕を使ってなにをしようとしているのか。

それが悪事であれば止めなければならないし、精霊教に関するただの祭事であれば済んだ頃を見計らって腕を返してもらうだけでいい。

フェリクスたちはそもそも、奪われた腕を追いかけてきたにすぎない。知りたいのはむしろ彼のほうである。

「なぜ俺たちに気がついた？」

「普通はわからないだろうな。完璧な変装だ。……だが、私には通用しない。この場では貴公の光はまばゆすぎる」

セレーナが言っているのは、フェリクスが持つ銀の光のことだろう。

今はその力を使用してはいないとはいえ、彼を一目で見抜いた以上、嘘《うそ》を言っているわけではなさそうだ。

「教えてもらおうか。その力の正体を」

「今や俺だけに関係する力じゃない。お前がそうであるように、俺にも俺の一存で決められないことがある」

「どうしてもか」

「ああ」

正義のためか、それとも豊穣の地が滅んだ件を個人的に恨んでいるのか。

セレーナは精霊王の光にやけに固執しているように見えた。

「ならばここを通すわけにはいかない」

「どうにかならないのか」

「私は『民を守る騎士』であり、『オルヴ公国の騎士』でもある。貴公が『蛮勇の旅人』と『ジェレムの騎士』を兼任するのと同じこと。いかに信用したくとも、貴公がこの国にとって無害である保証がない以上、私はオルヴの騎士として動かざるを得ない」

（まあ、ごもっともだな）

お互いに「信念」だけでなく「立場」があり、腹の内すべてを曝《さら》け出すことはできやしない。

最初の接触は危険だったとはいえ、オルヴ公国の騎士の行動としても矛盾しなかった。

魔人によって国に被害が出る可能性があるから。

魔人の討伐は程度の差こそあれど、すべての騎士にとって共通の正義だ。

しかし、今回はそういうわけではないのだろう。

魔人はすでにここにいないのかもしれない。

「貴公の行動は国家間の火種となりうる。平和を損ないかねない行為だ」

「ならば、このままオルヴ公を放っておくことが平和に繋《つな》がるというのか」

セレーナは下唇を噛《か》む。

彼女自身、思うところはあるはずだ。どうにか譲歩を引き出せれば……。

「騎士の使命は唯々《いい》諾々《だくだく》と従うことじゃない」

「貴公も同じことだろう。ジェレムの騎士という立場に従っている」

「そうかもしれないな」

「ああ。それゆえに、我々が取るべき道は一つしかない」

セレーナは剣を抜く。

精霊教やオルヴ公国の守護者としてフリーベ騎士セレーナが賜った剣は、鋭く磨かれていた。

二つの魂が対峙《たいじ》する。

「平和の騎士」と「国の騎士」が、そして「ジェレムの騎士」と「オルヴの騎士」がぶつかり合う。

「今一度、貴公に問う。その力の正体はなんだ」

「言うわけにはいかない」

「ならば、力尽くで解き明かすのみ！」

セレーナが魔術を用いると、精霊たちが集まってくる。

直後、突風が生じた。

風に後押しされて急加速したセレーナは、一瞬にして距離を詰めてくる。フェリクスを間合いに捉えて剣を振るった。

「ハアッ！」

彼が咄嗟《とっさ》に飛び退《すさ》って回避するや否や、セレーナは勢いを落とさずに迫る。サイドステップを取るも、すぐに反応して魔術を巧みに操り追ってくる。

直進だけでなく、曲がるのも鋭い。

「どうした！　剣を抜け！」

「お前と戦う理由はないが……」

「私がオルヴの騎士であり、平和の騎士であるために——貴公が平和を望むのであれば、打ち倒して先に進むといい」

セレーナが侵入者を阻んだ上で平和のために尽力するというのなら、もはやフェリクスも彼女を打ち倒すしか道はないのだろう。

「その生き方しかないのか」

「これまでずっとそうしてきた。今更変えられるものか！」

「堅物め」

フェリクスは剣を抜き、セレーナの剣を受け止める。

彼女の技量は高く、気を抜いていれば、バッサリと切られてしまうだろう。今は目の前の戦いに集中しなければ。

セレーナの剣を弾いて懐に入ろうとするが、彼女は軽やかに距離を取る。風の精霊の力をうまく使っているようだ。

さらに彼女が剣を振るうと風が吹き、フェリクスに纏《まと》わりついて動きを阻害する。

「もはや動けまい」

「厄介な技を使いやがって」

「ここで骸《むくろ》を晒《さら》すなら、その程度の男だったということだ。悪く思うなよ」

セレーナはこの一撃で決めるとばかりに飛び込んでくる。

とっておきの戦法なのだろう。常人ならば一歩たりとも踏み出せないはずだ。

対するフェリクスは、思い切り足に力を込めた。

「ふんっ！」

急加速して風の妨害を突っ切り、セレーナの眼前に現れる。そして驚く彼女へと一撃を放った。

キィン！

セレーナは剣を用いてなんとか直撃を防ぐも、鎧《よろい》には大きな傷がついていた。

「くぅっ……！」

彼女は風を放って妨害しつつ距離を取り、荒い息を整えながら睨《にら》みつけてくる。予想外のことがあったにもかかわらず、すぐに立て直していた。

「なんて力だ。反則だろう」

「ただ踏み込んだだけだぞ。鍛え方が違うんだ」

セレーナは近づくのは危険と見て、距離を取ったまま魔術を使用する。

小部屋中の空気が動きだし、彼女が投げたナイフが風に乗って飛び回る。

いくつものナイフが前後左右から攻めてくるのを受け止めつつ、フェリクスは相手を見据える。

（これ以上、時間をかけていられない）

そろそろアッシュたちは最奥部へと到着する頃だ。

精霊王の気配はこれまでとは比べものにならないほど高まっている。なにが起きるかわからない。

早く戻らなければ、彼らの身が心配だ。

（手荒な方法にはなるが……）

ほかに手段もないのだ。やるしかない。

フェリクスが覚悟を決めたときには、セレーナもまた決断していた。

彼女は剣を突きつけるように構えており、その剣身に風が集まっている。これまでと違うのは、そこに銀の光が混じっているということだ。

（あれは精霊王の力――！）

フェリクスの力と同質のものだ。

なぜ、彼女が持っているのか。

（いや、以前から彼女はこの力を使っていた）

セレーナは魔術に長《た》けた騎士であったが、精霊王の力で強化されていたのも一因だったのだ。

微弱すぎて以前は気がつかなかったが、今ははっきりと感じ取れる。

なぜか精霊王の力が強まっているのだ。

おそらく、この洞窟に入ってからずっとである。この土地の効果か、はたまたオルヴ公国の連中がなにかやっているのか。

フェリクスが感じていた違和感の正体は、これだったのだろう。彼の内に秘められているその力も、人の身から解き放たれようと、もがいているのかもしれない。

セレーナは切っ先をフェリクスに向けたまま忠告する。

「これを躱《かわ》せば物音で兵が集まるぞ。受け止めてみせろ」

彼女はいよいよ、魔術の最終段階に入ったようだ。

剣を中心に風は寄り集まり、放たれる瞬間を今か今かと待っている。

「見せるがいい、あの光を！　貴公の正義を証明してみせろ！」

風の精霊が声を上げて踊り狂う。

銀の輝きを乗せた暴風が迫るのを見据えながら、フェリクスは銀の翼を生み出した。

光は広がり、彼の剣に纏《まと》わりつく。

ほんのわずかに力を込めたつもりであったが、想定以上の威力が込められているようだ。制御を失わないようにフェリクスは集中する。

そして――

「せぇい！」

剣を一振り。

解き放たれた銀色は暴風をもかき消した。

魔術を使った体勢のまま、セレーナは呆然《ぼうぜん》とその光景を眺める。一歩も動くことはできなかった。

フェリクスは彼女の様子を見つつ、銀の翼を消して背を向ける。もうここに用はない。

その段になってようやくセレーナは我に返った。

「ま、待て！」

「もう勝負はついただろ。戦意のない一般人に剣を向けるのは、騎士がやることじゃない。わかったら邪魔をするな」

「くっ……」

セレーナは歯嚙《はが》みしつつも、フェリクスの背を睨《にら》みつけるばかり。

彼は扉に手をかけたところで一度、振り返る。

「おっと、俺は騎士じゃなくて、ただの『おサボり大好きぐうたら兵士』だ。いいな？」

フェリクスはそう念押ししてから、急いでアッシュたちのところに向かうのだった。

◇

フェリクスと分かれたシルルカたちは精霊王降臨の地、最奥部に来ていた。

広大な空間には草花が生え、木々が生い茂っている。あたかも森のようにも感じられるくらいだ。

どこかで水が流れる音がしており、洞窟内だというのに風が吹いている。精霊たちがいるからだろう。

辺りには陽光にも似た光が充満している。白銀のそれは精霊王の輝きにも似ていた。

「腕を奪うのは到底無理ですね」

アッシュが呟《つぶや》く。

彼らは草木の陰に隠れながら、事の成り行きを探っていたのだが、警備が厳重で近寄ることもできないのだ。

大量の木々や草花のおかげで潜む場所には困らず、無事にここにいられるとはいえ、この後どう動けばいいのか、策は浮かばなかった。

その間にもオルヴ公たちが行う儀式は進んでいる。

「精霊王の力が高まっているわ」

「我々でもわかるくらいですからね」

「これほど強い力を感じたのは初めてです」

「強いって、師匠よりも？」

一人だけわかっていないリタが尋ねた。

「ザルツやフェリクスさんはもしかすると、本当の力を引き出せていなかったのかもしれないわ」

「確かに以前の戦いで、団長さんの翼は大きくなりましたね。それでもまだ不完全な力なのでしょう」

「まだ成長するってこと？　すごいね！」

危機感のないリタである。

一方でアッシュは難しい顔をしていた。

「これほど大きな力を手にしたら、世界の勢力図がガラリと変わりますね」

「地図上から消え去る国も出るかもしれないわ」

「それはこの場所かもしれません」

オルヴ公たちがやろうとしているのが精霊王の力を引き出すことだとすれば、制御に失敗したとき、いったいどうなることか。

「あれは人の身には余る力よ」

「えっと……じゃあ師匠は人じゃないってこと？」

「まあ、そうですね」

「確かに団長さんならうまく扱いそうですし、人じゃないのかもしれません」

彼がいれば、その前提を疑ってくれよ、と言うであろう会話をする四人である。

いつまでもそんな話をしているわけにもいかない。ここからどう動くのか、決めなければならないのだ。

フェリクスが来るまで待つ予定であったが、場合によっては、早く撤退したほうがよさそうである。精霊王の力を振るわれた場合、優れた騎士であるアッシュといえども太刀打ちできるとは思えなかった。

やがて聞こえてくる声から、儀式が終わりを迎えようとしていることが明らかになる。

「もうすぐだそうです」

「仕方ありません。撤退――」

「伏せて！」

キララが声を上げた直後、精霊王の気配が爆発的に高まった。

轟音《ごうおん》が響き渡り、突風が吹き荒れる。雷にも似た光が迸《ほとばし》ったあとには木々がへし折れ、大地は焼け、草花はもうもうと煙を上げていた。

その中心に立っているのはオルヴ公。

彼の肉体は青白く輝き、いくつもの腕が生え始めている。周囲にいた司祭らは吹き飛んでおり、難を逃れた兵たちは遠巻きに眺めるばかり。

「お、おお……!?」

なにが起きているのかわからず、彼らはうろたえる。

その中で唯一、オルヴ公の哄笑《こうしょう》が響き渡った。

「見よ、そして感じよ！　この偉大なる力を！　私はとうとう手に入れた。この世の支配者となるべき力を！」

生き残った司祭たちは感嘆の声を上げる。

誰もが儀式の成功を実感し始めた直後、一人の兵が悲鳴を上げた。

「うわあああ！」

伸びた腕の一つが、オルヴ公の頭を握り潰していた。

皮膚が裂けて血が噴き出し、指が食い込んだところは骨が陥没して中から体液がこぼれている。

「どうなっているのだ！　精霊王は我が物となるはずではなかったのか！」

司祭らへと向けられた目からは小さな指がいくつも生えてきた。

「見えぬ！　なにも見えぬ！　なにが起きている！」

「アルゲンタムの器はどうなっている!?　精霊王の力を抑えよ！」

「使っていますが、反応がありません！」

「そんなはずはない！」

「まさか、騙《だま》されたのか？　魔人どもめ！　許さんぞ！」

やがてオルヴ公はなにも言わなくなる。いや、言えなくなったのだ。口からは腕が溢《あふ》れ出していたのだから。

彼の姿は無数の腕に覆われて見えなくなっていく。

あとはあっという間だった。気がついたときにはすべてが青白く変わっている。

異形と化したオルヴ公を目の当たりにして、誰もが呆然《ぼうぜん》とするばかり。こんな事態を誰が想定していようか。

青白い腕がオルヴ公の手にしていた杖《つえ》に絡みつくと、そこに埋め込まれていた宝玉が音を立てて割れる。

すると数多《あまた》の腕はさらに勢いよく伸び始めた。

「ぎゃあ！　や、やめろ……！」

自由自在に動く腕の一つが司祭を掴《つか》んだ直後、彼の肉体は握り潰されて血を撒《ま》き散らし、物言わぬ肉塊となった。

一瞬の沈黙。そして叫び声が上がる。

「逃げろおおおおお！」

「なんでこんなことに！」

「ああ、精霊王様、お静まりください！」

その場は阿鼻叫喚《あびきょうかん》の巷《ちまた》と化し、誰もがこの場から離れようと動き始めた。

「我々も脱出しましょう」

アッシュたちも、ここにはいられない、と出口へ視線を向ける。

そこにはたった一人、人波とは反対に動く者の姿があった——

◇

精霊王降臨の地。その中心部は混乱に陥っていた。

逃げ出す兵や司祭たちを躱《かわ》しながらやってきたフェリクスは、アッシュたちの姿を探す。

(どこだ！　どこにいる!?)

離れたところには、原形をとどめていない死体が転がっている。

まさかその中に……と嫌な想像が頭をもたげてくるのを必死で振り払い、フェリクスは彼らの姿を探す。

だが、名前は呼べない。今ここにカルディア騎士団の者がいてはならないのだ。

そのことがもどかしく、フェリクスは歯噛《はが》みする。

「くそっ！」

思わず悪態をついた彼であったが、視界に大きな狐が現れた。

(なんだあれは)

そう思ったのも束の間。

こんな幻影を使う人物は一人しか知らない。

そちらに駆け寄ると、木々の陰に四人が集まっていた。目が合った瞬間、二人が胸に飛び込んでくる。

「団長さん、会いたかったです！」

「師匠、助けてー！」

遮音の魔術を用いるなり、シルルカとリタが声を上げる。

「……無事でよかった」

フェリクスは二人を抱きしめた。

今このときほど安堵《あんど》した瞬間はないだろう。

「まったく、遅いですよ」

「アッシュ、これはどうなってるんだ？」

「オルヴ公が精霊王降臨に関する儀式に失敗し、あのような姿になりました。理性を失い、暴れています」

「あれはおそらく精霊王そのものよ。それ以外にはあり得ない強さだわ。きっとその力を引き出す過程で、反対に乗っ取られたのよ」

キララに言われて、フェリクスはオルヴ公のほうを見る。

青白い腕が暴れているが、知性があるとは言いがたい動きだ。

「……あれは本当に精霊王の力なのか？」

「どういうことです？」

「精霊王の力にしては弱すぎる」

「十分に強いと思いますが……なにか根拠があるのですか？」

「この領域内では精霊王の力が強化されているんだ」

精霊王降臨の地の中心部に近づいた今、力を使っていないフェリクスでさえも、体の内側から込み上げる力の強さを実感していた。

「それにアレからは意思を感じない」

「でも精霊王の腕から生じたのよ。確かにその力が感じられるわ」

フェリクスは改めて、自分の中にある力やセレーナのそれと比べるが、やはりオルヴ公の力には違和感があった。

「なんにせよ、撤退するか攻めるか、決めないといけませんね」

「勝てないわけじゃないが、今はお忍びだからな」

「そこであっさり勝てると言う辺り、我らが団長は頼りになりますね」

とはいえ、正体がばれないように動かねばならず、ろくに力も使えない。フェリクスの銀の光は目立ちすぎる。

しばし考えていると、セレーナが駆け込んできた。騒ぎを聞きつけてじっとしていられなかったのだろう。

「なんだこれは……」

彼女はオルヴ公を眺めて顔を歪《ゆが》める。

「これが魔人と手を組んでまでやろうとしていたことなのか！」

逃げようとする兵に青白い腕が迫ると、セレーナは一瞬で距離を詰めて腕を叩《たた》き切る。

腰を抜かした兵は彼女の姿を見て、希望を見いだしたらしく、喜びに満ちた声を上げた。

「セレーナ様！」

「ここは私がやろう」

「ですが、お一人では……」

「この惨状を招いた責任は私にもある。止めるべきだった。……いいや、今からでも止めてみせる」

セレーナは勢いよく飛びかかるが、青白い腕は何度切っても生えてくる。それどころか、数はどんどん増えていた。

その様子を見ながらアッシュが尋ねる。

「どうするんですか？」

「放っておくわけにはいかないだろ」

「放置してもいいんじゃないですか？　逃げるなら好機ですよ。目撃者も消せますし、一石二鳥でしょう。助ける義理もありませんし、そもそもセレーナさんに邪魔されたから、こんな面倒に巻き込まれたわけです」

「いやまあ、そうなんだが」

アッシュに言われて、反論できなくなるフェリクスである。この部下の口にはまったく敵《かな》わない。

うまく言葉にできないフェリクスに、アッシュはいつものように呆《あき》れながら笑う。

「止めはしませんよ。精霊王の腕を取り返せば、この役目も終わりますから」

「そうだな。早速、やってくるぞ」

「力を使ったら正体がばれてしまいますが、どうするんですか？」

「精霊王が降臨した、とでも言っておけばごまかせるだろ。なにしろ、そういう儀式の最中だったんだから」

「まったく、うちの団長は本当にいい加減ですね。わかりました。せめて形は翼ではなく、光の塊くらいにしておいてください」

「善処する」

フェリクスはいよいよ動きだした。

できるだけ人目につかないように、遮蔽物が多い経路を進んでいく。すでに周辺には人の姿がなくなっているが、念のためだ。

セレーナを見れば、すでに満身創痍《まんしんそうい》になっている。相手の再生力は非常に高いため、一人では攻めきれず、分が悪いのだろう。

「いい騎士じゃないか」

戦う姿を見て、フェリクスはそう思うのだ。

距離が近づいたところでセレーナの剣が折れた。

「しまった――」

彼女は魔術を用いるが、敵の腕を切り落とすことができずに掴《つか》まれてしまう。元々、筋力に長《た》けているわけではなく、この状況は極めて不利だ。

「くっ……離せ！」

突然、暴れるセレーナの前で刃《やいば》が煌《きら》めいた。

「これで貸し一つだ」

青白い腕は細切れになり、彼女は解放されていた。フェリクスはセレーナの手を取り、立ち上がらせる。

「さてと、魔術は使えるな？」

「ああ。剣は失ったが、まだ戦える」

彼女はフェリクスとともに戦うことを嫌がってはいないようだ。

（一緒に戦ったときを思い出すな）

仲間であればとても頼もしかった記憶がある。セレーナもまた、信頼して背中を預けてくれていた。

フェリクスはセレーナを持ち上げる。

「な、なにを――」

「悪いが、着地は自力でやってくれ。魔術の出番だ。ふん！」

フェリクスは力任せにセレーナをぶん投げた。

あっという間にその姿が遠くなっていく。

責任感が強い彼女のことだから、こうでもしなければ最後まで戦おうとするだろう。だが、精霊王の力を使うとなると、巻き込んでしまう可能性がある。

やるからには、一人で戦わねばならなかった。

「さあ、その力は返してもらうぞ。なにか言い残すことはあるか？」

フェリクスの問いに対して、オルヴ公は無数の腕を伸ばしてきた。

「ならばこちらも力尽くでいかせてもらおう！」

フェリクスは真っ向から立ち向かう。

迫る腕を切り落とし、距離を詰めていく。オルヴ公は無数の腕が絡み合って巨大な塊のようになっていた。

フェリクスが剣を振るうたびに腕が飛ぶ。この程度なら精霊王の力を使わずとも、対処

するのは容易《たやす》い。

だが、次の瞬間には新たな腕が生えている。この再生力が厄介だ。

「一撃で消し飛ばすしかないな」

大精霊には悪いが、精霊王の腕も木っ端微塵《こっぱみじん》になるだろう。もはや原形をとどめたまま回収するのは難しいから、そこは諦めてもらうしかない。

いよいよ、オルヴ公は剣の間合いに入った。

フェリクスは剣を構えながら勢いよく跳躍。剣を振るって無数の腕の塊に切り口を作ると、そこから中へと飛び込んだ。

もはや外部から彼の姿は見えなくなる。生死すら不明の有様だ。

(……こいつはダイエットが必要だな)

ぶよぶよした肉を切り裂きながら進んでいく。

やがて外の腕と感触が違う部分に行き着いた。おそらく、オルヴ公の元々の肉体が関係している部分だろう。

つまり、ここが敵の中心部だ。

(さあ、やるぞ)

精霊王の力を用いると、圧倒的な力の奔流に体が張り裂けそうになる。

人の身には受容しきれない力なのかもしれない。だが、そうであっても平和を守るために必要ならば、御してみせよう！

「大暴れもここまでだ。精霊の御許《みもと》に行くがいい！」

フェリクスは剣を振り抜いた。

銀の光が一気に広がり、すべてを呑《の》み込んでいく。

その光が収まったときには、なにもかもが消え去っていた。化け物も、そしてフェリクスの姿も。

開いた天井の穴から降り注ぐ陽光は、何者も照らしてはいない。

呆然《ぼうぜん》と見守る四人であったが、突然リタがぱっと振り返った。

「師匠！」

「戻ってきたぞ」

「もう、びっくりさせないでくださいよ、団長さん」

「それにしても、リタはよく気づいたな」

「師匠の心音は間違えません！　ぎゅっ」

「私だって、団長さんの顔は間違えません。むぎゅ」

シルルカとリタに抱き付かれつつ、フェリクスは告げる。

「さあ、必要なものを回収したら撤収だ。こうしちゃいられない」

彼らは付近の調査を最低限だけ行うと、急いでその場を離れるのだった。

◇

すっかり荒れ果てた現場にセレーナは佇《たたず》んでいた。

フェリクスに投げ飛ばされた後、風の魔術で衝撃を抑えて無事に着地した彼女は、しばし迷っていた。

すぐにでも加勢に行こうとするも、自分が行ってなにができる、と思い直したのだ。しかし、黙って見ているわけにもいかない。やはり行くべきなのでは――

そうして逡巡《しゅんじゅん》しているうちに銀の光が迸《ほとばし》り、なにもかもが消え去っていたのである。

（あの光は……）

心を奪われるほどに美しかった。

先ほどフェリクスと対峙《たいじ》したときに見た光にもつい見とれてしまったのだが、それ以上の輝きであった。あれが彼の本気なのかもしれない。

幼い頃に見た光もこの世のものとは思えないほどだったが、彼の光はそれとは性質が異なる気がした。どこか寒々しかった過去の光と違って、温かく包み込まれるような印象を受けたのである。

もちろん、時間がたっているからセレーナの勘違いである可能性もあるだろう。

しかし、直感が告げている。あれは豊穣の地で起きた事件の光とは別物であると。

同時に、自分の中に秘められている光との差を見せつけられたような気もした。

（……お前は何者だ？）

問いは果たして、自分に向けたものか、それともあの男か――

立ち尽くしていると、周囲で動く人の姿が目に入った。兵士や司祭たちである。

あのような大惨事になったとはいえ、本分を忘れてはいないのだろう。

セレーナもまた騎士として動きだし、声を上げた。

「脅威は取り払われた！」

おお、と声が上がった。

彼女はフェリクスが来るまで一人で戦っていたし、投げられたあとも一番現場に近いところにいたから、誰も彼女が化け物を倒したことを疑ってはいない。

本当は彼女が打ち倒したわけではないが、そういうことにしておいたほうが都合はいいだろう。

きっと彼――『おサボり大好きぐうたら兵士』にとっても。

（これで借りは返したぞ）

今は所詮、偽物の英雄だ。

しかし、次にこのような事件が起きたときは――

（必ず、この手で打ち倒してみせる）

セレーナはまっすぐに光の残滓《ざんし》を見つめるのだった。

やがて彼女のところに司祭がやってきて、状況を確認する。

「なにがあった？」

「ここでなにが行われていたのか、私は何も知らされていなかったのでさっぱりわかりません。なにしろ、一介の見張りにすぎませんから。出過ぎたことをしました」

きっぱりと告げると、その男は呆《あき》れて顔をしかめた。セレーナは現場から遠ざけられていたとはいえ、あまりに素気ないものだから無理もない。

そんな姿がおかしくて、セレーナはもう少し意地悪をしてみたくなったのだが、言わなければならないことがある。

「ですからこれは私の推測になるのですが」

と前置きしてから、一気にまくし立てる。

「どうにもこの地に来てから、魔術の調子が良いのです。精霊王様のご加護があったとみてよいでしょう。私の切なる平和への願いを聞き届けてくださったに違いありません。最後の光をご覧になりましたか？　あれこそまさしく、その証左。ああ、よもやこの身に精霊王様を感じられる日が来るとは。このセレーナ、感激の至りでございます」

夢物語に憧れる少女のような話をするのだから、司祭もそれ以上聞く気が失せてしまったようだ。

「それはもうよい。ところで……侵入者はどうなった？」

「私が討ち取りました。どこから情報を仕入れてきたのか、儀式の邪魔をするつもりだったのでしょう。取るに足りない存在でした」

その説明で司祭も納得したようだ。いや、そんな些事《さじ》に構っている余裕がなかったというほうが近いか。

今は誰もがこの大惨事の対応に、きりきり舞いになっていた。

あれこれと人々が動き回り、死者や被害の確認が行われる。責任者たちは被害の甚大さに、すっかり青くなっていた。

そうして事態は収束していく。

オルヴ公の遺体が見つかることはなかった。

◇

――魔人の襲撃を受けたオルヴ公は、精霊王の加護を受けた騎士たちとともに戦い、亡くなった。

そんな情報が公開されたのは早かった。

精霊王降臨の地に現れた強い光を目にした者が多かったため、急いで説明しなければならなかったのだろう。

フェリクスたちは事件の報告のため、ジェレム王国の王城に来ていた。

今回もオルヴ公国から戻ってくるなり謁見に向かったため、相変わらず薄汚れた格好であるが、王トスカラはもう気にもしない。

それより早く彼の話を聞きたくてうずうずしているようだ。それはさながら英雄に憧れる少年のよう。

「此度《こたび》の遠征、ご苦労であった！　あのような難しい任務を無事に果たしてくるとは、やはり貴殿は真の英雄だ！」

事の顛末《てんまつ》を簡単に連絡していただけだから、見事にやり遂げたと勘違いしているのかもしれない。

水を差すのは悪い、と思いながらもフェリクスは申し出る。

「恐れながら陛下、任務を全《まっと》うしたとは言いがたい状況です。ザルッの行方はわからないままですし、精霊王の腕も取り戻せていません」

「どういうことだ？　精霊王の力で異形と化したオルヴ公を打ち倒したと聞いているが」

「確かにオルヴ公との戦いには勝ちました。そのままの形ではなかったとはいえ、彼が持つ精霊王の力も取り戻しています」

「おお、さすがフェリクス殿だ！」

「ですがどうやら、あれは奪われた精霊王の腕ではなかったようです」

「……ふむ。根拠があるのだな？」

「ええ。あの戦いの後、オルヴ公が持っていた精霊王の力は私の中に移ったようです。このとおり――」

フェリクスが右腕を伸ばすと、そこに銀の光が纏《まと》わりついた。それは手甲《てっこう》のように彼の腕を覆い尽くしており、意のままに変形してくれる。

「素晴らしい！　もはや新たな力を我が物にしているとは！」

王トスカラは立ち上がって小躍りしている。

しかし、銀の手甲の輝きは、銀の翼よりもかなり薄く、セイレン海で見たザルツの力とは比べるべくもない。

「精霊王の力であることは疑いようもありませんが、オルヴ公が使っていた力と比べると弱々しいのです。つまり、オルヴ公の力の大半は『精霊王以外のなにか』によって得られており、そちらは失われた可能性が高いです」

「確かにザルツが持っていった力と、今回得られた力が釣り合わぬな」

「ええ。やつらはあのとき奪っていった精霊王の腕を、まだ持っていると考えたほうがいいでしょう」

王は真剣な面持ちで頷《うなず》く。

「警戒せねばなるまいな。オルヴ公国での問題は片づいたとはいえ、魔人は健在だ」

「とはいえ、足取りが途絶えてしまったため、精霊王の腕はもう追跡できません。オルヴ公は囮《おとり》だったのかもしれません」

フェリクスはキララに視線を向けると、彼女は首を横に振る。

ザルツが遠くに逃げてしまったのか、まったく反応が感じられないのである。

「これからどうするつもりだ？」

「ひとまずは大精霊様に報告をしに行こうと思います。この力のことを知っているかもしれません。ザルツと似た力であることも気になります」

「それがよかろう。偉業をなした英雄は、精霊に認められるものと決まっておる」

「では、これから大精霊様のところに赴きましょう。その後は再び旅に出ようと考えておりますが、よろしいでしょうか？」

その後も騎士団として活動してもいいのだが、それほど必要はなさそうだ。強敵が現れたときは頼もしい騎士団長も、日常業務にはあまり役に立たない。そういうのはアッシュに任せたほうがうまくいく。一仕事終えた今、旅を楽しんでもバチは当たらないだろう。

今回はシルルカとリタにもたくさん協力してもらったから、その分だけ労《ねぎら》ってやりたいと思うのも本音である。

「よかろう。次なる戦いに備えるといい」

オルヴ公国での一件が終わったばかりだというのに、トスカラはもはや彼を働かせることを考えているようだった。

「団長さんは信頼されていますね」

シルルカは笑うのである。

「ザルツの行方は騎士団の総力をあげて捜索しよう。なにか情報が入り次第、すぐに連絡する。それまでは旅を楽しむがよい」

王トスカラはそんな言葉を告げるのだった。楽しい旅を満喫していた様子はすっかり伝わっているようだ。

「では、行ってまいります」

フェリクスたちは北に向けて旅立つのであった。

◇

北に向かって数日後、フェリクスたちはセイレン海の大精霊が住まう海域に来ていた。

美しいエメラルドグリーンの海がどこまでも広がっており、陽光に照らされて海面はキラキラと輝いている。

「前に来たときは慌ただしく帰ることになったが、今回はゆっくり観光できるといいな」

あのときはザルツを追ってすぐに出発しなければならなかった。

なにか大事が発覚すれば、またすぐに駆り出されてしまうから、そうならないことを祈るばかりである。

「団長はいつも観光ばかりじゃないですか」

「ずっとオルヴ公国で仕事してただろ」

「ほとんど遊んでましたよね」

「旅人を演じるのが役割だったからな。見事だっただろ？」

「ええ、実に上手でしたね」

そういうわけで、大精霊との謁見が終われば久しぶりの休暇が待っているのだ。

楽しみにしつつも、そのためにも失敗は許されないと気合いを入れる。

船は大精霊の社《やしろ》の海上に到着していた。

「さあ、行きましょう」

キララは精霊たちの声を聞きながら社に視線を向ける。すでに準備は整ったらしく、あとは飛び込めば精霊が導いてくれるらしい。

彼女は海目がけて飛び込んだ。

ドボン！

水しぶきを上げながら沈んでいくキララを、アッシュもすぐに追っていった。

「さあ、私たちも続きましょう」

シルルカとリタがそれぞれ、フェリクスの手を握る。

三人は顔を見合わせて、

「せーのっ！」

掴《つか》んだ両手を振り上げながら一緒に飛び込んだ。

それから水流に乗って社へと向かっていく。二回目だから慌てることはないが、海の中でも地上と同じように活動できるのはやはり違和感がある。

先に到着していたキララ、アッシュと合流して、社の扉の向こうへと進んでいく。

中では大精霊が待っていた。

穏やかな光を纏《まと》った人型はフェリクスたちを迎え入れてくれる。

「ようこそいらっしゃいました。銀の騎士団よ」

今回もキララが通訳を引き受けた。

「大変な苦労があったようですね。困難に負けず戦ってくださったこと、感謝します」

「しかし、あの魔人――ザルツを取り逃がしてしまいました」

「ええ、話は聞いております。精霊王の力に違和感があるということも」

「大精霊様はなにかご存じでしょうか？」

「話から推測はしていましたが、あなたを見て確信しました」

大精霊はフェリクスへと視線を向ける。

「あなたが戦った相手が用いた腕は、魔人ザルツのものです」

「なんと……！　ですが、確かに精霊王様の力を感じます」

「我らが秘宝と同質のものであることは間違いありません。ザルツの腕に、精霊王の力のごく一部だけを移していたのでしょう」

それによってキララたちの目をオルヴ公へと向けさせ、追跡を免れたのだ。

もしかすると、オルヴ公もそれで騙《だま》したのかもしれない。

「自らの片腕を囮《おとり》として使うとは……」

「精霊王の力で再生できるのでしょう。ザルツはその力の大部分を保持していますから」

「なるほど。精霊王の力をわずかに手に入れただけの私には難しそうです」

腕が生えないかと念じてみるが、右腕からは透明の銀の光が伸びるばかりである。

オルヴ公の体から生えた青白い腕は、精霊王だけでなくザルツの力も影響していたのかもしれない。

（銀色じゃなくて、青白かったしな）

思い返せば、なるほど、魔人たちの肌の色によく似ていた。

シルルカはフェリクスの右腕を見つつ言う。

「これでザルツが『精霊王の腕』を持って逃亡しているのは確定しましたね」

「ああ。それだけでも確かな前進だ。……大精霊様、ザルツの行方はわかりませんか？　この程度では諦められません」

「気持ちはありがたく思いますが、こちらから探る手立てはありません」

「そうですか。……わかりました。引き続き我々で追ってみましょう」

「感謝いたします」

これにてフェリクスの用事は終わった。

続いてアッシュが前に出ると、荷物の中から赤い破片を取り出した。オルヴ公が使っていた杖《つえ》に埋め込まれていた宝玉の一部である。こっそり回収してきたのだ。

「これについて、なにかご存じないですか？」

「我ら精霊の動きを封じ込めるもののようですね」

「だから砕けた瞬間、あの腕の動きが活発になったのですね」

アッシュはそれ以外にも、あの場から持ってきたものを見せる。

大精霊曰《いわ》く、ほとんどが精霊を呼び寄せて捕らえるための効果をもたらしていたようだ。オルヴ公はそれを用いて、精霊王の力を自分のものにしようと考えたのだろう。

それらの多くが数百年前に作られたらしいが……。

「その器はどこで手に入れたのですか？」

大精霊はシルルカが持っている小袋に視線を移した。

中になにが入っているのか見ずともわかるのか、水とも繋《つな》がっているから感知できるのか。

シルルカは袋から小瓶を取り出した。

金属の筒の中に透明な容器が入っている二重構造になっており、作りは全体的にシンプルである。宝飾品ではなさそうだ。

「精霊王降臨の地の荷物置き場で見つけたのですが、まったく同じものを父の書斎で見たことがあったので、なぜこんな場所にあるのかと気になり、持ってきてしまいました」

あのときシルルカがじっと棚を眺めていたのは、それが理由だったのだろう。

大精霊は説明してくれる。

「それはおそらく近年作られたものです。しかし、古代の『アルゲンタムの器』——精霊王の力を入れる器によく似ています。模造品なのでしょう」

「まさか、これを作ったのは……」

シルルカは目をつぶり、思案する。

「『アルゲンタムの器』という言葉には聞き覚えがあります。思い返してみれば、父が魔導の研究だけで殺害されたとは考えにくいですし、精霊王の研究も行っていたと考えるのが妥当でしょう。その過程で、何者かに命と研究の成果を奪われた可能性が高いです」

そんな物がオルヴ公国にあったということは、裏で繋がっていた可能性を示唆する。

「……シルルカ、大丈夫か？」

「ええ。ご心配ありがとうございます。昔のことですし、そこまで気にしていませんよ。それにあの清廉潔白な父のことですから、オルヴ公国に与《くみ》したとも思えませんし」

「ああ、そうだな」

きっと、いい父親だったのだろうとフェリクスは思う。

シルルカは小瓶を眺める。

「私も昔は少しだけ異なる入れ物――おそらく試作品を、大事なものだと言われて肌身離さず持っていました。ですが、気がついたときにはなくなっていたので、逃亡のときになくしたか、奪われたのでしょう」

「俺がシルルカと会ったときには、どうだったかな。追っ手から逃げるのに必死で、確認する余裕はなかったが……そのときに落としたかもしれない」

「もう何年もたっていますから、落としたとしてもその場には残っていないでしょうね」

そこまで話をしたところで、リタが手を挙げた。

「あ、精霊王降臨の地で『アルゲンタムの器』って言ってる人たちがいました！」

「本当か！」

「はい！　とっておきのものだったけど精霊王様を抑えるのに使っても反応がなかったみたいです。魔人に騙《だま》されたとも言ってました」

「ふむ。魔人は『精霊王の腕』以外でも協力していた可能性が高いな。だが、精霊王の腕といい、騙すつもりでやっていたのだろう」

「反対にオルヴ公も、魔人に内緒で行動していたのかもしれませんね。精霊王降臨の儀式は表に出てこないように徹底していましたから」

「手を取り合いながら、互いに寝首をかこうとしていたってことか」

なんとも黒い話である。

「それにしても、話が大きくなってきたな」

「数年前から魔人が関わっていた可能性が出てきましたね。オルヴ公国だけの問題ではなくなりそうです」

シルルカの故郷もなんらかの形で関与していると見ていいだろう。

情報は集まってきたが、魔人の足取りに関するものはない。やはりそちらは、騎士団の捜索に頼るしかないだろう。

(諜報《ちょうほう》は『蛇蝎《だかつ》騎士団』のほうが得意だからな)

国外に関してもツテを使って、なんとかしてくれるはずだ。

そこまで考えたところで、フェリクスは大精霊に向き直る。

「聞き苦しい話をお聞かせして、申し訳ございません」

「いいえ。気にしないでください。あなた方の役に立つ情報があれば嬉《うれ》しく思います」

心なしか、以前来たときよりも対応が柔らかいように思われる。情報も積極的に教えてくれた。この一件を通じて一層信用してくれたのだろう。

「大精霊様、私に移った精霊王様の力はどうすればよいでしょうか。お返ししようにも、分けることが難しく……」

「その力は預けておきます。魔人との戦いの手助けとなるでしょう」

「ありがとうございます」

大精霊は力を返すための具体的な方法は口にしなかった。

もしかすると、フェリクスがオルヴ公から手に入れたように、死んだときに回収するしか方法がないのかもしれない。

人間の寿命は精霊たちにとってたいして長いものでもないため、それでも差し支えないのだろう。預かるということは、ほとんど死ぬまで手に入れたのと同義だ。

もちろん、大精霊にはなにか考えがあるのかもしれないし、本当のところは不明だが。

「長居してしまいましたが、そろそろ失礼します」

「報告、ご苦労さまでした」

「進展があればまた参ります」

「そのときを楽しみにしておりますね」

大精霊に見送られながら一行は社《やしろ》をあとにする。

水流に乗って船に戻ると、一息つきながら今後の方針を考える。

「さて、ここからどう動くべきか」

全体的な流れとしては、魔人とその背景を探っていけばいいのだろうが、実際にどのような行動を取るべきかは浮かんでこない。

皆が悩んでいると、シルルカが提案する。

「私の故郷に行ってみませんか？」

「魔人との繋《つな》がりを探ってみてもいいな。なにか思い当たることがあるのか？」

「ええ。昔、邪教徒狩りに追われているときに、団長さんと一緒に逃げ込んだ場所があったじゃないですか」

「そんなこともあったな」

今の今まで忘れていたが、シルルカと出会ってすぐに、二人きりで隠れた場所があったのだ。

「あそこは、絶対に他人に教えてはならないと父から念押しされていた場所なんです」

「俺もこれまで誰にも教えたことはなかったが、そんな場所だったとは……俺を連れていってよかったのか？」

「わざわざ口止めしなくても内緒にしてくれる団長さんだから一緒に逃げ込んだんですよ。責任を取ってくださいね」

シルルカが悪戯《いたずら》っぽく微笑《ほほえ》むと、フェリクスは困り果ててしまうのだ。

これは冗談で言っているのか、それとも……。

彼女は再び真面目な顔に戻ると、話を続ける。

「研究にも重要な場所だったようですし、精霊王に関係するのかもしれません」

「行ってみる価値はあるな」

あれから何年もたっているから、なにも得られない可能性はあるが、ほかに当てがあるわけでもない。

小さな可能性でも拾い上げていくべきだろう。

「では、団長はそちらの調査をお願いします。我々はザルツの足取りを調べていますので、なにかあれば連絡してください」

「頼んだぞ、アッシュ」

行き先は決まった。あとは舵《かじ》を取るのみ。

船はゆっくりと動き始めた。

次なる行き先はシルルカの故郷、ヴェルンドル王国である。

第十一章　騎士団長と銀翼の過去

ヴェルンドル王国は、東方にある魔人の領土近くの国であった。

その地理的関係上、数年前に竜魔王らが西進してきた際、真っ先に矢面に立つことになった経緯がある。

魔人が自国に達する前に侵攻を食い止めたい西方諸国は、ヴェルンドル王国に自国の軍を派兵したのだが、それは一層戦争を激化させることとなった。

人と魔人という大局的な面で見れば、早期に介入することで被害を抑えられたと言える。その一方、かの国にとっては国内が戦場となる期間が長くなり、領地が荒れに荒れる結果となった。

被害が広がる前に魔人の支配下に置かれたほうがよかったのか、それとも抗い続けて壊滅的な状況に陥ったほうがよかったのか、ヴェルンドル王国にはどちらに転んでも最悪の選択しか残されていなかったのだ。

戦争が終結した現在は各国の軍は引き上げており、どこかの国が居座って支配権を主張するという事態にはならずに済んでいる。いずれ得られる利益よりも、復興にかかる莫大な費用のほうが重いと見たのだろう。

王族は全員が亡くなったため、生き残った民たちによる政府が形成されつつあり、いずれ共和制に移行するのではないかと言われているが……。

「戦争の被害が大きかったとは聞いていましたが、まさか、ここまで荒れているとは思っていませんでした」

故国の惨状を見てシルルカが表情を曇らせる。

街道は舗装されておらず荒れ放題。道端には打ち捨てられた木箱の破片やボロ布、ときには人骨など、戦争の残骸がある。

鎧《よろい》や剣といった金属類がないのは、再利用するために誰かが持っていったからだろう。

「辛《つら》いなら戻ってもいいが……」

「団長さん、気を使ってくれるのは嬉《うれ》しいですが、本当に大丈夫ですよ。いくら故国といっても大部分は見知らぬ土地ですし、あの頃は愛国心が芽生えるほど大人ではありませんでしたから」

父と過ごした時間はかけがえのないものだったが、国に対する思い入れがあるわけではないのだそうだ。

「それに今は団長さんと一緒にいる時間がすっかり長くなってしまいましたから、そこが私の居場所です」

たとえ旅をしてどの国にいたとしても、そこがいるべき場所なのだとシルルカは言う。

「リタの居場所も師匠の隣です！」

「あ、ずるいです！　せっかくいい流れだったのに！」

リタとシルルカが彼の隣にやってくる。先ほどの雰囲気はすっかり霧散していた。

どこにいても、なにがあっても、変わらない大事な関係がある。賑《にぎ》やかな二人を見てフエリクスはそう思うのだった。

「せめて町は復興が進んでいるといいんだがな」

そうでなければ、魔人に関する調査どころではない。

やがて歩き疲れたのか、リタが尋ねる。

「町はどこにあるの？」

「結構歩きましたし、そろそろ着いてもよさそうですが」

「百貌《ひゃくぼう》もわかんないんだ？　ずっと住んでたのに？」

「実家はヘーリシルという町にあるのですが、はるか遠方なんですよ。この辺りには一度も来たことがありません」

地理に詳しい人から話を聞きたいところだが、そもそも人の姿がない。

この国を訪れる人がいないのか、それともこの近辺にあまり立ち寄らないだけなのか。

物寂しい光景の中を歩いていると、リタが狐耳を立てた。

「人の声です！」

「行きましょう！」

「よし、どこだ？」

「えっと、道の向こうです。二人が魔物に襲われてるみたいです」

「急ぐぞ！　掴《つか》まっててくれ！」

フェリクスはシルルカとリタを抱きかかえて走りだす。

道の向こうに大きな影が見えつつある。

近づくにつれて明らかになってきた存在は、大きな五つの目を持つ黒い犬だ。あれがリタの言っていた魔物だろう。

襲われている人はどこかと探すフェリクスに、リタが慌てた様子で告げる。

「魔物が二体います！　えっと、襲われてる人のうち一人が魔物に命令を出しています。魔物同士が戦ってます！」

「もうちょっと落ち着いてくれ。つまり、邪教徒が契約した魔物を操って、襲ってくる魔物と戦わせている……ということか？」

「たぶんそうです！」

そうなると、話は複雑になってくる。単純に敵を追い払って助ければいい、というわけでもないのだ。

邪教徒は魔人と手を組んでいる者たちだ。

邪教徒の断罪のために設立されたフリーベ騎士団ほどではないが、カルディア騎士団も魔人の討伐を行っているため、邪教徒とは対立する関係にある。

(さて、どうするか)

目を凝らせば、戦いの様子が見えるようになった。

あの黒い犬が戦っているのは、頭が二股に分かれた巨大な蛇だ。大人をも丸呑《まるの》みできそうな頭に、鋭い牙が生えている。

草むらに潜み、近づいたところで噛《か》み付こうとチャンスを窺《うかが》っているようだ。

胴体の長さはかなりのもので、円を描くように二人と犬を取り囲んでいた。だから逃げられなくなってしまったのだろう。

「二人は邪教徒ではなく、民間人みたいです」

「邪教徒が勧誘しようとしていたってことか?」

「わかりません。二人とも慌てていて……守ってる魔物が負けちゃいそうです!」

何度か蛇に噛まれているらしく、犬の魔物は弱っているようだ。

人に被害が及ばないようにしている分、不利なのだろう。

「とりあえず、助けてから話を聞くか」

「邪教徒ですが、カルディア騎士団が助けてもいいんですか?」

「今は俺たちは旅人だし、悪人なら助けたあとにぶん殴って改心させればいいだろ」

「団長さんらしくて明快ですね！」

「よし、行くぞ！」

そうと決まれば、あとは動くのみ。

一気に距離を詰めると、蛇の胴体を飛び越えて円の中に入り、犬の魔物と蛇の頭との間に割って入った。

犬の魔物は唸《うな》り声を上げながら警戒する。

二人の男たちはなにが起きたのかわかっていないようだった。

「無事か？」

「あ、ああ」

「この蛇の魔物に襲われていたってことでいいんだよな？」

「そうだ。なんとかしてくれ！」

フェリクスは念のため、蛇の魔物へと問いかける。

「なにか申し開きはあるか？」

「シャー！」

二つの頭が左右から同時に襲いかかってくる。

牙が肉体を貫くかと思われた瞬間、フェリクスは前に跳んだ。

頭の間を通り過ぎると、二股に分かれた頭の付け根が見えてくる。そこを足で蹴りつけると、ピタリと動きが止まった。

そしてフェリクスが抜剣する。

刃が煌《きら》めくと、青い血がどっと吹き出し、頭が飛んだ。

蛇の胴体はなおも動き続けて周囲に血飛沫《ちしぶき》を撒《ま》き散らす。フェリクスは軽く跳躍してその場を離れ、剣の血を拭いて鞘《さや》に収めた。

「な、なんて強さだ……！」

助けられた二人は、驚きのあまり動けなくなっていた。

「さてと、これはどういうことなのか、教えてくれるか？」

フェリクスが犬の魔物に視線を向けると、彼の強さを目の当たりにしてすっかり怯《おび》えきっているようだ。耳は倒れて尻尾は股の間に挟み込まれ、へっぴり腰になっている。

（……全然、本気を出してはいないんだがな）

これくらいなら、一般的な騎士でもできるだろう。この国はよほど人材不足なのかもしれない。

「なんのことだ……？」

「なぜ民間人といるのかってことだ。魔物を連れているからには邪教徒なんだろ？」

フェリクスが聞くと、邪教徒と思《おぼ》しき男の態度が急変した。

「待ってくれ！」

間に割って入ったのは民間人の男である。彼は青い顔をしていた。

「違うんだ。彼は俺を助けてくれただけなんだ！」

「落ち着いてくれ。俺たちはこの国に来たばかりで状況がわかっていない。だから話を聞かせてほしいんだ」

警戒の色は消えないが、民間人は慎重に言葉を選びながら話をしてくれる。

「邪教徒といっても、この国と外国じゃ、まるで実情が違っているんだ。彼らは望んで邪教徒になったわけじゃない。魔人を信仰しているわけでもない」

「ここからは俺が話そう」

邪教徒が民間人を庇《かば》うように立つ。

緊張した面持ちだが、こんな状況にも慣れているようだ。

「魔人の侵略で、無理矢理邪教徒にさせられた者がほとんどなんだ。自分から志願した者もいるが、生きるためには仕方ないことだった。彼らの多くは、自分の身を犠牲にしても皆を救おうとしていた」

真剣な表情で彼は語る。

「敗戦から数年、今やこの国は魔物がはびこる土地になった」

人類は魔人との戦いに勝利したとはいえ、この国は敗戦国なのだ。ヴェルンドル王国としてはなにも得ることはなく、多大な損害を被《こうむ》るばかりだったのだから。

戦争の大義など、一般の国民にとっては関係ないことなのかもしれない。明日の暮らしのほうがよほど大きな意味を持つ。

「外国から来た英雄気取りの兵士たちは、魔人どもと腐りきった政府を倒すといなくなった。だが、それで万々歳、明日から幸せな毎日、とはいかない。俺たちにはそのあとも生活がある！」

民間人の男も感情のこもった声で同調する。

「あんな政府でも、ないよりはマシだった。今や魔物はほったらかし、金があるやつらが安全と力を独占している」

無政府状態になってしまったこの国では、有力者が好き勝手に振る舞っているらしい。ならば、力なき者たちはどうすればいいというのか。

「俺たちはどうやって生きればいい？　誰も弱者に手を伸ばしちゃくれない。強いやつらは自分たちが肥え太ることばかり考えている。だったら、俺たちが力を得る手段は一つしかないだろ!?」

「それを誰が責められる!?　どんな理想を掲げたって俺たちは助からない。外のやつらは綺麗事《きれいごと》を言うだけで、パンのひとかけらもよこさない。あいつらにとってはもう終わったことなんだろう。外ではどんな扱いかは知らないが、この国じゃ邪教徒は英雄だ！」

彼らは興奮していたが、しばらくして冷静さを取り戻す。

あとはもう自重しながら呟《つぶや》くことしかできなかった。

「騎士は逃げ出し、兵は私腹を肥やす連中にこびへつらう。魔人ですら俺たちを見捨てた。それがこの国の現状だ。ただ生きるのに精一杯なんだよ」

話を聞いていたフェリクスは押し黙った。なにを言っても、外から来た傍観者の無責任な意見にしかならないから。

(俺にもこの現状を招いた責任の一端がある)

末端の騎士ではあったが、あの戦いに参加していた。

自分でなにかを決められるだけの権限を持たなかったとはいえ、できることがあったかもしれない。もう少し、戦い以外のことに目を向けていれば、変えられたこともあったかもしれない。

だけど、すべては過ぎ去ったことだ。もう取り返しはつかない。

「そうか……辛《つら》いな」

「わかってくれるか」

「俺たちはただの旅人だ。綺麗事を言うために来たんじゃない。ここの生活を知りたい。魔物退治なら手伝おう。案内してくれないか」

「本当か!?　あんたが手伝ってくれるなら心強い！」

男は歓喜の声を上げる。

（そうだ。騎士団長としてここに来ているわけじゃない）

一人の人間として困っている人を助けねばならない。自国民かどうかなんて関係ないだろう。もちろん邪教徒かどうかも――

きっと、大事なのは平和を願う気持ちだけだ。

「まさか、本拠地を突き止めてから一網打尽にしようっていうんじゃないだろうな？」

民間人のほうはまだ警戒が解けてはいないようで、疑わしそうに見てくる。

どう弁明すべきかと考えていると、隣のシルルカがさらりと言う。

「この人、そこまで頭が回らないから大丈夫ですよ」

「おい」

「事実じゃないですか」

「そうだけどさ……ほかに言い方があるだろ!?」

「師匠は素直なんです！」

「そうだな。リタ《リーン》ほどじゃないけどな」

「えへへ、褒められちゃいました」

あまりにも緊張感のない三人に、二人の男も気が抜けてしまったようだ。

「こんな賑《にぎ》やかな密偵はいないよな」

「案内しよう。俺たちの町に」

「助かる」

邪教徒の男が合図すると、黒い犬はさっと伏せる。

「二人しか乗れないが、どうだ？」

「リタ《リーン》には相棒がいるから大丈夫だよ。そっちのお兄さんを乗せてあげて」

彼女が手を突き出すと、金色の光が集まって炎となり、クーコが現れた。

「お願い、町まで乗せて！」

リタは両手を合わせて、おねだりする。

妖狐は力が強く、小柄なリタくらいなら乗せられないこともないかもしれないが……。

（乗るには小さすぎないか？）

かなり不格好になりそうだ。走ったら落っことされそうだし、引きずられることもあるかもしれない。

無理に張り合わなくてもいいものを。

「くぅー」

クーコはリタを見るや否や、ぷいとそっぽを向いてしまった。そしてあくびを一つ。しまいには主人を無視して消えていくのである。

（そもそも、乗せてもらえなかったな）

「……すまない、この二人を乗せてもらえるだろうか？」

「ああ。任せろ」

「ワン！」

その黒い犬の魔物は、頼もしく鳴くのであった。

二人が「よいしょ」と乗っている間に、フェリクスはふと思う。

（どうでもいい用事でクーコを呼び出すなよ。目立つだろ）

邪教徒がたくさんいる国なら、そうでもないのだろうか。

（いや、妖狐は目立つよな）

妖狐はかなり力がある守護精霊なので契約している者もほとんどおらず、ジェレム王国でも滅多に見ないくらいだ。

「団長《クルス》さーん。行かないんですか？」

「悪い、今行く！」

フェリクスは慌てて動き始めるのだった。

◇

道の向こうに見えてきたのは、やけに雑然とした町であった。

周囲には廃材が無造作に捨てられており、どこが町の境界かもわからないくらいだ。テントが張られているなど人が生活している様子も見られ、町は外壁を越えて無秩序に広がり続けているのかもしれない。

「ごちゃごちゃしてるが、あれでもないよりはマシなんだ。なにしろ、外に出ていたら魔物に食われかねないからな」

廃材は防塞《ぼうさい》として機能しているらしい。それほど頻繁に魔物が出るそうだ。

ジェレム王国では市壁がなくともさほど困らない程度であったが、それは魔物の駆除が定期的に行われていたからだろう。戦後の混乱でおろそかになっていた面はあるが、今は治安を取り戻しつつあるはず。

「おーい、帰ってきたぞ」

「お疲れさん。収穫はあったか？」

「今回はハズレだ。ろくなもんがなかった」

廃材の防塞の上で見張りをしている者たちと、邪教徒の男は会話する。

「そういえば、お二人はなにをしに出かけていたんです？　普通の人はあまり外に出ないようですが……」

「ああ、言ってなかったな。ゴミ拾いさ」

シルルカは首を傾《かし》げる。

危険を冒してまで、なぜゴミを拾いに行くのか。

「中には使えるゴミもあるのさ。国内のほぼすべてが戦場になっていたんだ。まだまだ未回収のものはたっぷりある。外の連中にとっては捨てていったものだが、そんなものでも俺たちには生活の糧となるんだ」

「大変なんですね」

「野良魔物さえいなけりゃ、自由気ままで案外悪くない生活だけどな」

本心からそう思っているわけではないだろうが、なかなか逞《たくま》しいものである。

町の入り口に到着すると、リタとシルルカは黒い犬から降りる。

「わんわん、ありがとうね」

リタが撫《な》でると、その魔物は五つの目を細めて喉を鳴らすのだ。餌をあげると、嬉《うれ》しそうに食べ始める。

「魔物といっても、ああしているとケモモンと大差ないな」

「ケモモンみたいな大食い、そうそう見つかりませんよ」

「そういうことじゃないっての」

近辺には、見張りの邪教徒たちが従えている魔物の姿が見られる。

あくびをしていたり、寝ころがっていたり、骨をしゃぶって嬉しそうにしていたり、守護精霊となんら変わらない。

「それじゃあ、俺たちは仕事に戻る。またなにかあったら声をかけてくれ」

「いろいろ教えてくれて助かった」

「こちらこそ」

男たちと別れて、三人は町中を歩いていく。

魔人との戦争が終わってからさほど時間がたっていないこともあって、家々は壊れたままになっており、防水性の布を被《かぶ》せて雨風を凌《しの》いでいるようだ。

家を失った者は、もはや使われなくなった大型の施設に住み着いているらしく、木材や布を使ってそれぞれの生活空間を確保していた。

ヴェルンドル王国はどこもこんな状況だそうだが、人々はなかなか逞《たくま》しく生きている。たとえ国が滅んでも、そこで生活している人たちがいなくなるわけじゃない。ここにいるのは多くが、国外に逃げられなかった、あるいは自国に残ることを選んだ者たちだ。

「おや、教会に人がいますね」

精霊教正教派の教会だが、魔物と一緒にお祈りしている者もいる。外国の教徒たちが目にしたら卒倒しそうな光景だ。

「もう魔物たちは信仰に関係なく、生活の一部になってるんだろうな」

フェリクスはふと考える。

守護精霊と魔物の違いはなんだろうか。当たり前のように別物と考えてきたが、果たして本当にそうなのか。

（守護精霊は人と、魔物は魔人と契約している。ただそれだけの違いでしかない）

どちらも本質的には精霊の力を借りている。

これまでは深く考えたことはなかったが、改めて突き詰めてみると、大きな違いがあるとは思えなかった。

（教義の違いでしかないのかもしれないな）

魔物と一緒に瓦礫《がれき》の山を除去している男を見ながら、フェリクスはそう感じるのだった。

その魔物は土色の毛で全身を覆われており、顔だけがやけに赤い。鋭い爪が印象的で、大人の大きさほどもある大猿だ。

フェリクスが初めて旅に出たときに泊まったコルク村で戦った魔物であるが、こちらでは争うこともなく共存している。

「くっ……くそ！　はぁ、はぁ……」

瓦礫を持ち上げようとした男であったが、魔物の力を使っても、かなり大きなものは微動だにしない。

「大丈夫ですか？　なにがあったんですか？」

「天井が崩落したんだ。中に人が閉じ込められている。急がないと……あんたも手伝ってくれないか」

戦後、損壊により使えなくなった建物に人々が住み着いたため、こうした事態にはよく陥るらしい。

てっきり瓦礫《がれき》の山だと思っていたが、人が住んでいたのだ。

「それは大変だ。俺も手伝おう」

フェリクスは瓦礫を軽々と持ち上げると、せっせと退《ど》けていく。男は目を見開き、口をあんぐりと開けっぱなしにするのだった。

彼の活躍に注目が集まる。

「団長《クルス》さん、頑張ってください！」

「ファイトです！」

シルルカとリタに見守られながら、フェリクスは次々と作業を進めていく。

「リタ《リーン》、人が埋まってる場所を教えてくれ」

「そこの右側です！　あと七人います！」

「よし、任せろ！」

リタの能力で場所が把握できるため、探す手間が省ける。

すぐに生き埋めになった人たちを見つけることができた。

「た、助かりました……！」

った。

瓦礫の下から次々と助け出していくと、彼らは胸いっぱいに新鮮な空気を吸い込むのだった。

「よし、無事だな」

残された人がいないことを確認して、救助活動は終了である。

「ふう。疲れましたね」

「うんうん。今日はいっぱい働いちゃった」

「動いたの俺だけなんだけど」

リタは手伝ってくれたが、シルルカに至っては応援しかしていない。

納得できないフェリクスである。

「本当にありがとう！　なんとお礼を言ったらいいか……」

「困ったときはお互いさまだからな。気にしなくていい」

「いやしかし……」

助けた人と話していると、シルルカが視線を向けてきた。

ちょうどいい機会である。フェリクスは本来の目的について尋ねてみることにした。

「そうだ。少し聞きたいことがあるんだが」

「ああ！　知ってることならなんでも！」

「ヘーリシルという町に行きたいんだが、誰か知っていないか？」

「ちょっと待っててくれ。住んでたやつがいたはずだ。すぐに見つけてくる！」

「いや、そこまでしなくても……」

「恩人だからな。礼をさせてくれ！」

男は周囲の人に声をかけながら、その人物を探し始める。

それから待つことしばし。先ほどの男が、一人の中年女性を連れて戻ってきた。

彼女はシルルカをじっと眺める。

「あら、あなた……もしかしてヴァニールさんの娘さん？」

「はい。父をご存じなのですか？」

「近所に住んでいたのよ。その尻尾、お父さんに似て綺麗《きれい》ね」

シルルカは金色の尻尾を手に取って見つめる。

その表情は懐かしそうにも、物寂しそうにも見える。きっと、複雑な思いがあるのだろう。

（幻影の魔導を使っていなかったのか？）

すでにジェレム王国を離れているため、彼らの顔を知っている者はほとんどいないし、ヴェルンドル王国には騎士団長ではなく、ただの旅人として来ている。

だから顔を隠す必要はないが、シルルカにしては少々、不用心に思われた。

「あの事件のことは残念だったわね。でも、あなたが無事でよかったわ」

「戦争も終わりましたし、一度ヘーリシルに戻ってみようと思ったのですが、現状をご存じですか?」

「そうね……うーん……」

女性は難しそうな顔をする。そして少し考えた後、助言をくれる。

「今行くのは、やめたほうがいいわ」

「なにか問題があるのですか?」

「あそこは東寄りの土地でしょう?　首都に近いところはどこもそうなんだけど、治安が悪いのよ」

無政府状態となってからは有力者たちが好き勝手に振る舞っていると聞いていたが、その影響が出ているらしい。

彼らが町の防衛を担っているため魔物の被害がないとはいえ、ごろつきのような連中が我が物顔で闊歩《かっぽ》しており、安心して暮らせる状態ではないとのことだ。

「首都の近辺では、最近新しくできた議会が活躍してるっていう話も聞くけれど……やっぱり、牛耳《ぎゅうじ》っている連中には手出しできないみたいよ」

議会よりも有力者の影響のほうが強く、治安の改善には至っていないようだ。

「ご心配いただきありがとうございます。でも、彼がいるので大丈夫です。魔王だって、やっつけちゃいますから」

「ふふ、頼もしいのね」

シルルカの言葉を信じてはいないものの、彼女はそれ以上、止めることはしなかった。

ヘーリシルへの行き方について教えてくれるので、シルルカはメモを取っていく。

かなり東にあるから、普通に旅をしていれば何日もかかりそうだ。途中の町に宿泊する必要があるだろう。

「気をつけてね」

「はい！　ありがとうございました！」

シルルカが頭を下げると、女性は手を振りながら去っていく。

これで今後の予定が立った。

「お待たせしました」

「それにしても、今回は幻影の魔導を使わなかったんだな」

「尻尾はそのままにしていたんです。……もしかしたら、父が私を見つけてくれるんじゃないかって。馬鹿みたいですよね」

彼女の父親はもうこの世にはいない。

頭でわかっていても、心のどこかで期待してしまうことは、誰にだってあるだろう。

「きっと、見守っていてくれるさ。シルルカがどこにいたって。そういうものだろ」

「ふふ、団長さんは優しいですね」

シルルカが向ける屈託のない笑顔は、そこはかとなく子供っぽくも見えた。

それから彼らは東に向けて出発する。

ヘーリシルまでは、まだまだ長い道のりである。

◇

ヘーリシルに旅立って三日目、フェリクスたちは立ち寄った町の市場を歩いていた。

「いらっしゃい！　安いよ！」

そこかしこで威勢のいい声が響き渡る。

木箱と天幕くらいしかない簡素な出店がほとんどで、売られているのは軍用品が多い。

おそらく、どこかから拾ってきたのだろう。中古品やガラクタ、廃品ばかりだ。安価だが、質は保証しないといったところである。

一方で食料品は値上がりしており、贅沢《ぜいたく》はできそうもない。

「師匠、これはどうですか!?」

リタのほうを見れば、彼女の身の丈を超える大剣が輝いていた。戦場からくすねてきたものだろう。

「安くするよ！」

「って言ってます！」

「……誰が使うんだ？」

「リタ《リーン》が使います！　悪い魔物をバシッと倒すんです！　見ててください！」

リタは剣の柄を握ると、「うぐぐ……！　えいっ！」と声を上げて、「ふう」と息をつく。一仕事やり遂げた顔だ。

しかし、大剣は微動だにしていない。

「団長《クルス》さん、リタ《リーン》さんの冗談に構ってないで、私のお買い物に付き合ってください！」

「冗談じゃないもん！」

「この毛皮の外套《がいとう》、どうですか？」

「温かそうでいいな。もう晩秋だし、すっかり寒くなった。衣替えしないとな」

外套くらいはこちらの住民の服装に合わせたほうが、目立ちにくくていいだろう。

「お目が高い！　火を吹く巨大狼《おおかみ》の毛皮で作られてるんですよ。ちょっと色が悪い分、安くなってますが、質は確かです。お買い得ですよ！」

火の精霊が寄りやすく、温かさが保持できるという。

ヴェルンドル王国は魔物が溢《あふ》れているから、ほかの国で買うよりもお手頃価格だ。

「試着してみるか？」

「はい。そうしましょう」

シルルカは外套を受け取ると、フェリクスに着せ掛ける。

「なんで俺が着るんだ？」

「団長《クルス》さんに似合うと思ったんです」

「俺はボロ布でもいいって、この前は言ってたのになあ」

「あ、あれは言葉の綾です。団長《クルス》さんがセールストークに乗せられそうになってたから、助けてあげたんですよ」

「そういうことにしておいてあげようか」

わざわざ選んでくれたのだから、好意は素直に受け取っておこう。

サイズも合うし、申し分ない。

「これを買いますね」

「ありがとうございます！」

お金を払いつつ、フェリクスはシルルカを見る。彼女は薄着だから、これからの季節は風邪を引いてしまう。

「シルルカ《ルシュカ》のも買わないとな」

フェリクスが告げるなり、リタが横からひょこっと顔を出す。

「この鞄が欲しいです！」

軍用の防刃バッグである。簡単には壊れない上に多機能なものだ。

「今使ってるのじゃダメなのか？」

「もう破れそうなんです。見てください」

リタはパンパンに膨れ上がった袋を差し出してくる。

この国では軍用品が捨てられていることが多く、騎士に憧れるリタはそうした品々をしょっちゅう拾っていたようだ。

ずっしりと重みがある袋をフェリクスが受け取った直後、ビリッと音がする。

ドサーッ！　中身が溢《あふ》れて落ちた。

「師匠、ひどいです！」

「え、俺のせいなの？」

「こんなに詰め込むから破れるんですよ」

「うぅ……だって」

リタはしょんぼりしつつ、散らばった中身を眺める。籠手《こて》や鎧下《よろいした》、短剣などだが、いつか騎士になったときに使おうと思ったのかもしれない。

（そのときは祝いとして新品を贈ってやるのに）

「新しい鞄を買ってやるから、そんなに落ち込むなよ」

ぱあっと笑顔になるリタ。

「団長《クルス》さんは本当に甘いですね」

「そういうシルルカもな」

すでにシルルカ《ルシュカ》はリタの鞄の料金を支払っていた。

「ありがとう師匠！　大事にします！　百貌《ルシュカ》も！」

「とってつけたように言わないでくださいよ。お金を払ったのは私なんですからね」

ぎゅっと鞄を握って尻尾を揺らすリタであった。

買い物を堪能する三人は、次第にヴェルンドル王国の民らしい格好になっていく。

互いの格好について話していると、背後で声が上がった。

「泥棒！　誰か捕まえてくれ！」

店主は必死に叫ぶが、こんなことは日常茶飯事らしく、道行く人たちはあまり気にしていない。

「放っておくわけにもいかないよな」

フェリクスは人々の間を駆け抜けて、犯人へと距離を詰めていく。

逃げているのは若い男で、盗品を持つ腕には入れ墨があった。彼は必死に逃亡しながらフェリクスのほうを振り返る。

「くそっ！」

石を投げつけてくるも、フェリクスはあっさりと受け止める。その程度では足止めにすらならない。

破れかぶれになった男が短剣を抜いた瞬間、

「観念しろ」

腕をねじ上げて地面に押しつける。まだジタバタしていたが、「少しおとなしくしろ」と力を込めたら静かになった。

店主のところに戻ると、何度も頭を下げて礼を言ってくる。

「ありがとう！　本当に感謝している！」

その一方で男は喚《わめ》いていた。

「俺はドロフス一派だぞ！　こんなことをしてどうなるか――」

「知るか馬鹿やろう！」

話の途中で、店主は思いきりぶん殴っていた。

「ドロフス一派？」

「東の一帯を牛耳《ぎゅうじ》ってる連中さ。だが、こんな田舎にまで影響力はない。そんな名を出すやつなんて、おおかた偽物だ。こいつみたいにな！」

店主は何度も殴るので、次第に盗人の顔は腫れていった。

その辺で勘弁してやったほうが、とフェリクスが考え始めたところで、猪《いのしし》の魔物を連れた若い男がやってきた。

「泥棒はそいつか？」

「ああ。ドロフスの一派のふりをしてまで逃げようとしやがった」

「ふてえやつだな」

魔物が男の首根っこを咥《くわ》えている間に、男は周囲にいる者たちに状況を確認していく。

邪教徒らによって構成される自警団は、魔物から町を守るのが主な仕事だが、街中のこんなトラブルにも対処しているらしい。

「あんたが捕まえてくれたんだってな」

「ああ。護送するなら手伝おうか？」

「そいつは助かる。いやあ、まだ仕事に慣れてなくてさ。おまけにこいつもなかなか言うことを聞いてくれないんだよ」

猪の魔物はフガフガ鼻を鳴らしながら、盗人を踏んづけていた。

「骨折させるなよ。歩けなくなると困るんだ」

「このあとはどうするんだ？」

「町の外に追放する。あとはこの男の運次第さ」

ルールを破ったからには、庇護《ひご》も受けられなくなるということらしい。打ち首にならないだけマシである。

一行は盗人を咥えた猪を従えながら町の外へと向かっていく。

「おっと、名乗ってなかったな。俺はチャルチ。よろしくな」

「俺はクルス、こっちはルシュカとリーンだ。……さっきは仕事に慣れてないって言ってたが、魔人と契約して邪教徒になってから間もないのか？」

「契約したのは戦争が終わるちょっと前だったからな」

その頃には魔人たちも邪教徒を手塩にかけて育てる余裕もなく、契約したあとはほったらかしになることが多かったそうだ。

だからこの男も邪教徒となってからの時間が短いわけではないが、実戦経験は少ないらしい。仕事も町の中を担当することが多いとか。

「昔、この辺りで邪教徒狩りがあっただろ？　理由は知らないけど、この辺は特に山狩りがひどくてさ。よほどの重要人物が逃げ込んだのかな。そこで俺は、対抗するには力が必要だと実感させられたんだ。それに……邪教徒でも立派なヒトがいてさ。彼女もあんな目に遭うかもしれないと思うと、居ても立ってもいられなくなったんだ」

フェリクスはシルルカと顔を見合わせる。

シルルカを邪教徒狩りから助けた場所は故郷のヘーリシルであるが、追っ手の目を眩《くら》ますために逃げ込んだ場所は、ヘーリシルから離れた山の中であった。

シルルカは詳しい場所を覚えていないらしい。導かれるようにそこに辿《たど》り着いたようで、元々知らない場所だったのではないか、とも言っていた。

「その話、詳しく聞かせてもらえないか？」

「いやあ、彼女というわけじゃないんだけど、放っておけないっていうかさ?」

(聞きたいのは邪教徒狩りの話なんだが)

「俺はまだまだ力不足だけど、いつか頼られるようになるんだ!」

「そ、そうか。頑張れ」

チャルチの勢いにすっかり流されてしまうフェリクスである。

そんな話をしばし聞かされていたが、彼が息をついたところで、すかさず尋ねる。

「邪教徒狩りがあったってことだったが」

「彼女――ああ、ディヤヴァーユっていうんだけど、『青角族』でさ。仲間が邪教徒狩りの被害に遭ったのを見過ごせないって、自分から邪教徒になったらしい。自分が邪教徒に身をやつしてでも、力を得て皆を守るんだって。そこからは戦争さ」

青角族は大鬼と交わった一族と言われている。

全体的に大柄で力が強く、肌は青みがかっており、耳は大きく額には一本角がある。その見た目から魔人に近いと言われることも少なくないそうで、邪教徒狩りの標的になっていたようだ。

精霊との親和性も高く、邪教徒となったときには大きな脅威になり得るというのも理由の一つだろう。

(邪教徒になるにしても、様々な背景や理由が絡み合っているものだな)

納得しかけたフェリクスであるが、すぐに思い直す。

（いや、彼女との関係じゃなくてだな）

リタはうずうずした顔で話の続きを待っていた。早く本題を聞きたいのだろう。話をぶった切ることになるが仕方ない。町の外にもそろそろ到着してしまう。

「あのさ――」

「チャルチ、仕事には二人で行くように言っていたはずよ」

フェリクスが本題を切り出そうとした矢先、当の女性が現れてしまった。青みがかった肌に角が特徴的だから、見分けはすぐにつく。

チャルチは彼女に向き合う。

「俺だって、もう一人前なんだ。外ならともかく、町の中くらい一人で大丈夫だよ」

「相手が複数いたらどうするの。いくら魔物を連れているとはいえ、対応が難しいことだってあるでしょう？」

「皆が出払ってて、誰もいなかったんだよ。仕方ないだろ。余裕がないんだ」

邪教徒も数が多いわけではない。

野良魔物の討伐など重大な用事に駆り出されていたら、いちいち盗人相手に人数を集めてもいられないのだろう。

どうしようもない背景を言われては、もう追及もできないようだ。誰のせいでもない、ただ環境が悪いのである。

　チャルチはそれ以上、言い合いをしたくはなかったと見える。

　ディヤヴァーユは一つため息をつくと、猪《いのしし》を撫《な》でつつ盗人を受け取る。

「ご苦労だったね、ぶーちゃん」

「フガッ！」

　ぶーちゃんはビシッと居住まいを正すのである。

「素直ですね」「いい子だね」「言うことを聞かない魔物とは思えないな」

　単にチャルチが舐《な》められているだけではなかろうか。

「あなた方にも、チャルチがお世話になりました」

「いえいえ」

「もしお暇でしたら、お茶でもどうですか？　いい茶葉が手に入ったんですよ」

「お願いします！」

「では、これを捨ててきますので少し待っていてくださいね」

　ディヤヴァーユはにっこり微笑《ほほえ》むと、盗人を町の外に放り投げに行くのだった。なんとも豪快である。

「格好悪いところを見せたな。悪いが、俺はまだ仕事があるんだ。ディヤヴァーユの相手をしてやってくれ」

チャルチもディヤヴァーユを一瞥《いちべつ》してから仕事をしに行く。

二人の姿を見送った後、シルルカがフェリクスにこっそりと耳打ちしてきた。

「ここは二手に分かれましょう。私たちがディヤヴァーユさんと話をします。団長さんはチャルチさんを担当してください」

「それだと俺はお茶にありつけないいんじゃ……？」

「まあいいじゃないですか」

「よくない」

「男同士、女同士のほうが話が弾むこともあるかもしれません。あとで話をすり合わせましょう」

（二人からそれぞれ情報を引き出そうというわけか）

そのほうが異なる話を聞けるかもしれない。お茶が飲めないのは残念だが、背に腹はかえられない。

「よし、わかった」

「面白い話、期待していますね！」

シルルカに背を押されて、フェリクスはチャルチのところに向かうのである。

彼は廃材の防塞《ぼうさい》に腰かけながら、町の外を眺めていた。ここでは交代で野良魔物の見張りをしているらしい。

フェリクスはその隣に座った。

「大変そうだな」

「そうでもない……と言ったら強がりかもな」

（少ない人数で回しているから、負担も大きいんだろう。ましてチャルチは下っ端。雑用を押しつけられがちだ）

「思いがなかなか通じなくてさ。いつも空回りばっかりだ」

「そう落ち込むな。誰しも最初はそんなもんさ」

「もう子供扱いはうんざりだ。俺だって立派に仕事をこなせる」

（仕事熱心だな）

　自分の熱量と周りからの評価が嚙《か》み合わないことはままある。次第に信頼を得て、少しずつ任されていくものだが、どうしても焦ってしまうときはある。

「時間が解決してくれるさ。少しずつ積み重ねていくしかない」

「そりゃあ、わかるけどさ。自分の意思を尊重してほしいっていうか……クルスだって、そう思うだろ？　尻に敷かれてるし」

「気持ちはわかるが……って、尻に敷かれてないからな、俺は」

　決してそんなことはないはず、とフェリクスは自分に言い聞かせる。

「今度、大規模な魔物駆除があるんだ。俺も参加することになってる」

「ここでやらなきゃ男じゃないだろ。立ち止まってたんじゃ、邪教徒になった意味がない」

「大丈夫なのか?」

(そこまでして、平和のために身を捧げるとは……見上げた男だ!)

これほどの正義漢は騎士にだってそうそういないだろう。

フェリクスが頷《うなず》いていると――

「うまくいったら、彼女に告白しようと思うんだ!」

「……え?」

予想外の言葉にフェリクスは呆然《ぼうぜん》とするばかりだった。

◇

一方その頃、シルルカとリタは自警団の詰め所にて、ディヤヴァーユとお茶会をしていた。

ディヤヴァーユがポットからカップにお茶を注ぐ姿はさまになっている。こだわりがあるのか、道具一式は高級感があり、木箱や鎧《よろい》、弓矢などが置かれている雑然とした部屋で、それだけが浮いていた。

　お茶菓子も用意されており、リタは待ちきれずにそわそわしている。

「遠慮せずに召し上がってくださいね」

「やったあ！　いただきます！」

　ディヤヴァーユに勧められるなり、リタはお菓子に手をつけた。

　シルルカはディヤヴァーユを見る。『青角族』の特徴はその大柄な体格にあるのだが、彼女はすらりとした高身長で、大人の女性の雰囲気を纏《まと》っていた。

　戦いを生業《なりわい》としていることもあって、実用的な服装をしているが、スカーフを身に着けるなど、お洒落《しゃれ》にも気を使っていて華がある。

　チャルチが憧れるのも無理もない。

「このお菓子、甘くておいしい！」

　一方でお子様のリタは、口の周りを汚しながら菓子を頬張っていた。

「お口に合ってなによりです」

「百貌《ルシユカ》も食べないの？　おいしいよ」

「ではお茶をいただきますね」

　シルルカはカップに口をつけた。

　上品な香りが心地よく、温かさが染み入る。なんとなくだが、懐かしい味がした。この地方で取れる茶葉を使っているのだろうか。

ディヤヴァーユは席に着きながら二人に微笑《ほほえ》みかける。

「彼、向こう見ずだから大変だったでしょう？」

「いえ、そんなことは」

シルルカが柔らかく受け答えする一方で、リタが身を乗り出した。

「ディヤヴァーユさんは、チャルチさんのことをどう思っているんですか？」

「もう少し落ち着いてくれれば……とは思っています」

「落ち着いた人が好みなんですね！」

「え、ええと……そうですね？」

困惑するディヤヴァーユ。笑顔でお菓子を頬張るリタ。

軽く話をしたところで、いよいよシルルカは切り出す。

「チャルチさんから邪教徒狩りの話を聞いたのですが」

ディヤヴァーユは仲間を邪教徒狩りから守るために邪教徒になった。

そのため敵の動向に関しても把握していた可能性が高い。シルルカにまつわる出来事について知っているかもしれない。

ディヤヴァーユは目を伏せる。

「戦争末期はひどかったですね。見境がありませんでした。彼らは私腹を肥やすために、無辜《むこ》の民をも手にかけましたし、正義とは到底思えません。私のやり方も正しくはなかったのかもしれませんが、ほかに方法はありませんでしたし、綺麗事《きれいごと》では誰も助けられない時代でした」

彼女にとってはあまり思い出したくない出来事だったのかもしれない。

聞かねばならないことだったとはいえ、シルルカはなにを言えばいいのかわからなくなった。彼女もまた、邪教徒狩りの被害者であるから。

だからつい、仕事と関係ない本音が出てしまった。

「私も冤罪《えんざい》による邪教徒狩りに遭ったのですが、そのときに団長《クルス》さんが助けてくれたんです。彼がいなかったら、どうなっていたかわかりません」

「そうだったんですね。辛《つら》かったでしょう」

確かに辛いこともあったが、良い記憶もある。フェリクスと出会うことができたのだから。

「ルシュカさんがご無事でなによりです。一時期、山狩りが激しくなったときがあったんですよ。確かジェレム王国が介入したときでした。私たちはなにもできなかったのですが、誰かが捕らえられた話も聞かなかったので、どうなったのかなと思っていました。もしかすると、ルシュカさんが追われていたときだったのかもしれませんね」

それがシルルカであったかどうかは不明だが、時期は一致する。

「どの辺りで山狩りがあったんですか？」

「町のすぐ近くですよ。地元民もあまり立ち入らない山なんですが、最近は魔物が増えてきたので、駆除に出かけようという話もありますね」

そこまで話したところで、外からディヤヴァーユを呼ぶ声が聞こえてきた。

「ごめんなさい、仕事が入ったみたいです。行かないと。お二人はゆっくり過ごしてくださいね」

彼女が出ていくと、シルルカとリタは二人で呟《つぶや》く。

「たくさん話が聞けましたね」

「お菓子、おいしかったね」

「ほかに感想はないんですか？」

「お茶もおいしかったよ！」

笑顔のリタに、シルルカは呆《あき》れるのだった。

◇

夜、フェリクスたちは今後の予定について話し合っていた。

「さて、これからどう動こうか」

「団長さんの収穫はどうでしたか？」

「いや、それがだな……予想外の流れになったせいで、ほとんど話を聞けなかったんだ」

「まったく、団長さんったら。仕方ないですね」

シルルカに呆れられてしまうフェリクスであった。

どこから話が掛け違っていたのかと頭の中を整理しているうちに、チャルチはぶーちゃんと一緒に訓練をしようと行ってしまったのである。もちろん、ぶーちゃんは嫌々引っ張られていったのだが。

まずリタがとっておきの情報を口にした。

「ディヤヴァーユさんは落ち着いた人が好みだそうです！」

「なるほど。チャルチは猪突猛進《ちょとつもうしん》なところがあるからな。いい情報だ」

「えへへ。褒められちゃいました」

「そういえば今度、チャルチは告白するらしいぞ」

リタの耳がピンと立ち、前のめりになる。

「ほんとですか！」

「うまくいくといいよな」

「うんうん！」

「あの……なんの話をしてるんですか？」

「すまん、ずっとそんな話をされていたから、気になってしまったんだ」

「少しは仕事の話もしてくださいよ」

「言わなきゃよかった」

口を噤《つぐ》むフェリクスである。

「ジェレム王国が介入した時期に、この辺りでも山狩りが激しくなったそうです。団長さんはあのときのことを覚えていますか？」

「ああ。様々な国がここヴェルンドル王国にやってきて、混沌《こんとん》とした有様だったな。だが、ジェレム王国はそこまで力は入れていなかったはずだ。関与した町も多くない」

だからこそフェリクスも自由に動くことができていたし、部隊が少数のため、シルルカを助けたあとは逃げ回るしかなかった。

「近くに住民たちが立ち入らない山があるそうなのですが、あの頃、私たちが逃げ込んだ山かもしれませんね」

「行ってみないと確かなことは言えないが、その可能性はあるな」

そこを調べてみるということで話は決まる。

あとはどうするかだが……。

「魔物が増えており、駆除をする話が持ち上がっているらしいです」

「今度の魔物駆除にはチャルチも参加するって言ってたんだが、たぶんその話だな。うまくいったら告白するらしいぞ」

「聞いていたなら、告白より魔物駆除の話を先に言ってくださいよ。どっちが大事だと思ってるんですか」

「すまん」

「告白も大事だよ！」

「今は大事な話をしているので、リタさんは静かにしてくださいよ」

言われて素直に口を閉じるリタである。話し合いにろくに参加できていなかった自覚はあるのかもしれない。

「彼らに協力しようか」

「先に団長さんが魔物を全部倒してもいいんですが、目立っちゃいますからね」

「チャルチさんとディヤヴァーユさんのお手伝いをしないとね！」

「リタさんは二人の仲に首を突っ込みたいだけじゃないですか」

「人助けだよ！」

「楽しそうな顔で言っても説得力がないですよ」

リタが面白がっているのは見破られていたのである。

ともあれ、やることは決まった。あとはうまくいくように祈るばかりだ。

フェリクスは魔物退治に参加させてもらえるよう頼みに行くのであった。

◇

山を取り囲むように魔物たちがずらりと並んでいた。その数はおよそ三十。

この町にいる邪教徒たちはそれほど多くないから、最低限防衛に必要な人員を残しつつ、かき集めてきたのだろう。

邪教徒たちは数人でまとまりながら山中を捜索することになった。敵を見つけたら合図を出す手筈《てはず》になっており、数に物を言わせて討ち取るようだ。

フェリクスたちはチャルチ、ディヤヴァーユと一緒に行動する予定である。部外者に、魔物の扱いに未熟な者と慣れた者という組み合わせだ。

「よし、やるぞ」

気合いを入れるチャルチであるが、すぐに深呼吸する。

落ち着いた人が好みだとリタがアドバイスしていたから、それに従っているようだが、いつもの癖というのは簡単に抜けるものではない。余計な動きが多いせいで、そそっかしく見える。

ディヤヴァーユは心配そうにしていたが、時間になったので表情を改めた。

邪教徒らが声をかけ、魔物たちが動きだす。

「私たちも行きましょうか」

ディヤヴァーユが歩きながら指示を出すと、彼女が従えている大鷲《おおわし》の魔物が飛んでいった。空中から敵を探してくれるようだ。

自分たちだけなにもしないのも悪いので、フェリクスはポポルンに手伝ってもらうことにした。

「ポポルン、頼む」

彼の目の前に風が集まると、丸っこい鳥が姿を現した。くりくりした大きな瞳は大鷲へと向けられている。

「山の中にいる魔物を駆除したいんだが、見つけてくれるか？」

ポポルンは機嫌よく鳴きながら、秋晴れの空に舞い上がる。こんな日は気持ちよく飛べるだろう。大鷲の魔物にもすぐに追いついた。

フェリクスは歩きながらポポルンの姿を目で追っていく。

魔物を見つけるだけならリタの耳を使ったほうが早いが、一般的な能力ではないし、人前で明らかにするのはできるだけ控えておきたい。

ポポルンは並大抵の強さではないとはいえ、見た目は普通のポッポ鳥と変わらないから、そのほうが目立ちにくいのである。

そう思うフェリクスであるが、

「ポッポー」

と声が聞こえたのでそちらを見れば、すでに魔物を仕留めたポポルンがその亡骸《なきがら》を足で掴《つか》んで戻ってきた。

（倒しちゃダメとは言ってなかったな）

ディヤヴァーユはポポルンを見ながら怪訝《けげん》そうな顔をする。

「あのポッポ鳥……いともたやすく魔物を屠《ほふ》るなんて……」

「す、すでに倒されていたんじゃないですか？」

「そうだとしても、あれほどの重量を支えて飛ぶのは信じがたいですね」

ポポルンは自分の数倍はあろう大きさの魔物を運んでいたのだ。

（目立ちすぎないように、もう少し自重してくれよ！）

ディヤヴァーユに指摘されるまで、なんとも思っていなかったフェリクスも似たようなものではあるのだが。

「団長《クルス》さんは馬鹿力ですからね。持ち主の影響かもしれません」

「守護精霊ってそういうものなんですか？」

こちらで守護精霊はあまり一般的ではないせいか、ディヤヴァーユは納得してしまったので、そういうことにしておいた。

ポポルンは戻ってくるなり魔物を放り投げてフェリクスの肩に止まり、頭をすり寄せてくる。撫《な》でてあげると目を細めて喉を鳴らす。

一方、収穫がないまま戻ってきた大鷲《おおわし》の魔物は、張り合うようにポポルンの獲物を掴んでみせるのだが……。

「ぴよちゃんでも持ち上げられないのね」

ディヤヴァーユは真顔である。

（……もうちょっとかっこいい名前をつけてあげたほうがよかったんじゃ？）

チャルチの魔物に名前を付けたのも彼女だろうか。

やがてぴよちゃんは、汚名返上とばかりにまた勇んで飛んでいくのだった。

しばらくして一行は山に足を踏み入れる。

山はすっかり色づいており、足元では落ち葉がくしゃくしゃと音を立てる。

「紅葉が綺麗《きれい》ですね」

「キノコとか栗は落ちてないかな？」

「袋も持ってきてないし、見つけても持ち帰れないな」

緊張感のない三人である。

山の中となれば嗅覚が生きてくる。猪《いのしし》の魔物の出番だ。

いいところを見せようとチャルチが指示を出す。

「よし、野良魔物の匂いを追ってくれ」

鼻をふがふが言わせながら、猪のぶーちゃんは右に行ったり左に行ったり。しばらくふらふらしていたが、やがて狙いを定めた。

向かう先は一本の木。その根元を掘り始める。

まさかそんなところに魔物が隠れているなんて。そう思ったのも束の間、出てきたのはキノコである。

「そういえば、キノコ探しに使われる豚もいるんだったな」

「食いしん坊なんだね」

呑気《のんき》な彼らとは対照的に、呆《あき》れるディヤヴァーユと慌てるチャルチ。

「今はキノコどころじゃないだろ!?」

「フガッ」

理解したのか聞いていないのか、ぶーちゃんは落ちているドングリを食べ始めた。

「そういうことじゃないって！　食べるなって言ってるの！」

「まあまあ、おいしそうな秋の味覚に釣られるのも仕方ありませんよ」

シルルカは宥《なだ》めつつ、ぶーちゃんが手をつけなかったキノコを収穫する。フェリクスの肩に乗っていたポポルンも、木の実をつまみ食いするのであった。

そんな一行であったが、離れたところで狼煙《のろし》が上がった。敵を発見した合図である。

「援護に行くべきかしら」

ディヤヴァーユの魔物は移動するのに都合がいい。彼女一人くらいなら乗せていけるだろう。彼女はチャルチのほうをチラリと見た。

放っておいていいものかと悩んでいるのかもしれない。

フェリクスがなにか言おうとした矢先、別のところでも狼煙が上がる。そこにいる邪教徒たちが援護に向かうという合図だ。

それを見てディヤヴァーユは、自分たちが行く必要はないと判断した。

「探索を続けましょう」

念のためリタに確認すると、耳を動かして「問題ないです」と教えてくれる。さほど強そうな野良魔物でもないらしい。

同時に、ぴよちゃんが獲物を発見してピィーと甲高い声で鳴いた。

「チャルチ、狼煙を」

彼が煙を上げる一方、現場により近いところから狼煙が上がった。

先を越されそうだが、援護くらいはできるだろう。

ばったり出くわす敵を警戒しながら駆けていく。落ちている枝葉が踏みつけられて、パキパキと音を立てる。

その場に到着したときには、すでに目標は袋叩《ふくろだた》きに遭っていた。

魔物は枝分かれした巨大な角を持つ鹿であり、前面に張り出すように伸びたそれらが威圧感を与える。体当たりされたなら穴がたくさん開いてしまうだろう。

しかし、その魔物とて遠くから矢を射かけられては敵《かな》わない。すでに幾本もの鏃《やじり》が食い込み、血を流していた。

猟犬の魔物を連れている邪教徒がうまく指示を出して足に噛《か》み付かせ、敵に攻撃の機会を与えないのだ。

(狩りに慣れているな)

もしかすると、邪教徒になる前は猟師でもやっていたのかもしれない。

彼らの連携は取れているから、余計な手出しはしないほうがうまくいくだろう。

「よし、俺も……」

チャルチは加勢しようとするが、ディヤヴァーユは彼を手で制しつつ、自ら弓を取る。

流れるような仕草であった。

力強く放たれた矢は入り組んだ角の間をかいくぐり、鹿の眉間に命中する。

倒れた魔物はピクリとも動かなくなった。

「こいつは今日の晩飯だな」

野良魔物がわんさか出る地域だから、魔物を食べることに抵抗はないのだろう。

討伐済みを伝える狼煙《のろし》を上げると、彼らは魔物の頭を下にして、ナイフで首を切り裂いた。どっと血が流れ出す。

男らは獲物を眺める。

「たくさん矢をぶち込んでしまったとはいえ、内臓は傷つけていないし、状態がいいな」

「さすがディヤヴァーユだ。これなら毛皮としても使えるな」

彼女の腕は皆から信頼されているらしい。

男たちは腹を割き、あっという間に内臓を取り出す。豊かな土地では捨ててしまうことも多いが、ここヴェルンドル王国では一部を食用にし、残りは魔物の餌として利用しているそうだ。

毛皮は防寒具になるし、骨や角は装飾品やナイフに変わる。あらゆる部位が余すところなく生活の糧となるようだ。

魔物の種類によっては利用が難しいものも少なくないから、これは大当たりと言えよう。皆がほくほく顔である。

「お夕飯が楽しみ！」

リタも笑顔である。すっかり一緒に食べるつもりだ。

一方で、不満そうなチャルチの姿があった。

「ディヤヴァーユ、なんで止めたんだよ」

「危険だったからよ」

「魔物は俺たちのほうを意識していなかった」

「狙いを外した場合、魔物は怒り狂うかもしれない。それに私のほうが狩りに成功する可能性は高かったはずよ」

技術のことを言われては、チャルチも言い返せない。

少しばかり気まずい雰囲気になったところで、男たちが声をかけた。これから移動を始めるらしい。

「近くに川があったよな」

「駆除が終わるまで、そこで冷やしておくか」

数人では運ぶのが大変ということで、フェリクスたちも手伝う。力仕事なら彼も得意なのだ。

「これを持っていけばいいんだよな?」

「ああ。かなり重いから——」

「よっこらせ」

魔物を軽々と持ち上げるフェリクスに、男たちは絶句するばかりである。

「内臓を抜くと、随分軽くなるんだな」

「団長《クルス》さん、角がぶつからないように気をつけてくださいね」

「おっと、危ないところだった」

少し距離を取るフェリクスであった。

そうして彼らは歩き続ける。あちこちで狼煙《のろし》が上がるが、彼らの近くではないし、すぐに誰かが応援に向かうだろう。

一行はまっすぐ川に向かい、すぐに岸辺に着いた。

透き通った水はざあざあと爽快な音を響かせており、両岸は赤く色づいた木々で彩られている。水に落ちた葉はどこまで流れていくのだろうか。

美しい景色を見つつも、やることは魔物の肉を冷やすことだ。

流水に浸けると、固まりつつあった血が溶けていく。流れたり獣に取られたりしないように縄で縛り、ようやく元の任務に戻る。

一時的に合流したとはいえ、持ち場は異なる。

再びそれぞれの捜索を進める予定であったが……。

「団長《クルス》さん、この川に見覚えはないですか？」

「そういえば……」

数年前とは少しばかり違っているが、山のほうには一本だけ大木が見える。あれと川の流れを目印にして移動した記憶があった。

「行ってみるか？」

シルルカは頷《うなず》いた。

ならば、すぐ行動するほうがいい。今なら二組がここに揃《そろ》っているため、三人が抜けてもディヤヴァーユたちは大丈夫だろう。

フェリクスは彼らに申し出る。

「すまないが、しばし別行動を取らせてもらえないだろうか」

「なにかあったのか？」

「昔、この辺りで山狩りに遭ったんだ。それに関して気になることがあって……時間はそれほどかからないはず」

「そういうことなら応援するぞ」

彼ら邪教徒たちの多くは邪教徒狩りの被害に遭っているから、フェリクスたちにも配慮してくれるのだろう。

「俺たちはこの近辺を捜索する予定だ。戻ってきたときはどうする？」

ポポルンが飛び上がり、男の周囲で滞空する。

フェリクスがいない間、彼らを手伝ってくれるようだ。守護精霊は主人の居場所がわかるから、なにかあったときは連絡してもらえばいい。

「用事が済んだら、こちらから合流する」

「わかった。気をつけろよ」

フェリクスは彼らに礼を言うなり、シルルカとリタを抱えた。

「出発です！」

一本の大木を目指し、風を切って駆ける。

彼の脚力があれば、あっという間に踏破できるだろう。

昔のことだから覚えていなかったり、記憶違いもあるかもしれない。それでもきっかけを求めて進み続ける。

シルルカは目の前の景色と過去の記憶を重ね合わせる。

「確か、このまま上流に向かって……」

「追い詰められそうになったところで、シルルカが俺を引っ張っていったんだ」

少しずつ記憶が蘇《よみがえ》ってくる。

「あのときは、どうして逃げる道がわかったんだ？」

「アルゲンタムの器に似た入れ物を持っていたと話したじゃないですか。あれに導かれたんです」

やはり精霊王に関する場所なのか。思えばそれらしい祭壇もあった気がする。

「今は持っていないので、記憶を頼りにするしかありませんね」

「こうも木と草ばかりじゃ、見分けもつかないよな」

シルルカと相談しながら、かつて通った経路を辿《たど》っていく。木々が伐採されていないのがせめてもの救いだ。

「確かこの辺りだったと思うのですが……」

周囲にはなにも見当たらない。

普通の草木が生い茂っているばかりだ。

「幻影の魔導で隠されているんだよな。解除できないのか？」

「難しいですね。かなり高度な魔導が用いられていましたから、目の前にあると確信していないと認識すらできないでしょう」

「シルルカでも難しいなら、ほかの誰も開けられないはずだな」

「ええ。目印のない山の中ですから、偶然気づくこともないでしょう」

どうしたものかと考えていると、それまでじっとしていたリタが口を開いた。

「どんな場所なの？　一緒に探してあげるよ！」

「祭壇があっただけで、大きな特徴はありませんでしたね。全体は霧で覆われていて、外からは認識することも立ち入ることもできません」

「そうなんだ。幻影って音も消せるの？」

「……消えませんね！　それですよリタさん！」

シルルカはぐっとリタに近づく。

「方向感覚などは狂いますが、音自体はきっちり聞こえるはずです。元々の地形と幻影で見える光景は似せているでしょうけれど、なにかしらの違いはあります」

「えっと……？」

「光景や体の感覚が、音から得られる情報とズレている場所を探すんです！」

「ほんのわずかな差じゃないのか？」

「おそらく、普通の人は気づけないでしょうね。ですが、リタさんなら微差でも感じ取れるはずです」

「百貌は私がいないとダメなんだね！　そこまで頼まれたら断れないよ！」

得意げな顔になるリタである。

シルルカも今は素直にお願いしていた。

早速、リタは狐耳を揺らしながら周囲を動き回る。目をつぶったり声を出してみたり、視覚と聴覚を駆使していた。

「そういえば、シルルカはコルク村で似たような魔導を使っていたよな」

「ええ。父の書斎で学んだものです」

「もしかして、この場所は親父さんが隠した可能性が高いんじゃないか？」

「そうですね。アルゲンタムの器に似た容器も、父からもらったものでしたし」

魔導の研究をしていたとはいえ、魔導の利用においても卓越していたとはシルルカも知らなかったようだ。

子供だから知らなかったのか、それとも別の者が使った魔導なのか。後者だとすると、いったいそれほどの実力者がどこにいたのか、という話にもなってくる。

やがてリタがぴょんと飛び跳ねた。

「見つかりました！　ここです！」

「おお！　やったなリタ！　すごいぞ！」

「ありがとうございます、リタさん！」

シルルカはリタのところまで駆け寄っていき、ぎゅっと抱きしめた。普段は見せない姿に、リタもちょっぴり当惑する。

「えへへ……百貌は私が大好きなんだね」

言いつつ恥ずかしがるリタである。

やがてシルルカは彼女から離れると大きく深呼吸し、覚悟を決める。

「やります！」

杖《つえ》を振ると、突然目の前に濃い霧が現れる。これはシルルカが使った魔導ではなく、この場を隠していたものだ。

霧がゆっくりと透明になっていき――『祭壇』が現れた。

「よし、行くか」

フェリクスは息を呑《の》みながら、慎重に歩を進めていく。果たして、ここにはなにがあるのだろうか。

見回してみるも、祭壇のほかにはなにもない。狭い空間だから、十数歩も歩けば端から端まで行き着いてしまう。

フェリクスたちは周辺から探っていく。

「普通の地面だな」

「罠《わな》もありませんね」

「ねえねえ、祭壇を触ってみてもいい？」

リタはそちらが気になるようだ。

「ちょっと待ってくれ。怪しいものがないか確認する」

祭壇の周りを歩きながら確認していくと、側面に文字らしきものが刻まれている。

おそらく古代の文字でフェリクスは読めなかったのだが、覗《のぞ》き込んだシルルカが言葉にしてくれた。

「アルゲンタムの祭壇……と書かれていますね」

セイレン海の大精霊からは、アルゲンタムの器は古代の精霊王の力を入れる器だと聞いていた。

しかし、『アルゲンタムの祭壇』という言葉もある以上、アルゲンタムというのは実在する容器のことではなく、精霊王それ自体を表す言葉なのかもしれない。

「この祭壇は精霊王の力を入れておくためのものか」

「そうだとすると、つじつまは合いますね。見てください」

祭壇には翼が描かれていた。

「団長さんが銀の翼を手に入れたのは、ここだったんじゃないですか？」

「それでシルルカが持っていたアルゲンタムの器は鍵の役割を果たして消滅した、ということか……落としたわけじゃなかったんだな」

銀の翼を使えるようになった時期をはっきりとは覚えていないが、少なくともこの祭壇を訪れたあとだ。

しかし、そこでもう一つ疑問が生じる。

「なんでシルルカじゃなくて俺だったんだ？」

父からの遺産なら、シルルカが受け継ぐべきだろう。フェリクスはあのとき、完全な部外者だったはずだ。

彼女も考えてみるが、答えは出ない。

「とりあえず、調査を続けましょう」

なにか変わったところはないだろうか、と祭壇の表面を撫《な》でていく。

全体は石造りで、翼が描かれている以外に特徴はない。表面は雨ざらしになっているせいか、薄汚れている。

三人で作業を続けていると、リタが祭壇をペチペチと叩《たた》き始めた。

「どうした？」

「えっと……この下になにかありそうです」

リタは狐耳を動かしている。反響音を拾っているようだ。

フェリクスもリタのところに行き、祭壇を叩いて確かめてみる。ほかの部分と比べてやや高い音が返ってきて、内部に空間があることが判明した。

しかし、祭壇はぴったりと閉じられており、石組みに隙間は見当たらない。

「そうだ。あの力を使ってみるか」

フェリクスは銀の腕を生じさせる。

これならば変形が可能であり、目に見えないほどわずかな隙間にも入り込ませることができる。完全に閉じられていない限り、どこかからこじ開けられるはずだ。

そう思ったのだが――

突然、祭壇に銀の光が走ると四角い亀裂が生じ、さらにその部分が盛り上がって宙に浮かんだ。蓋の役割を果たしていたのだろう。

祭壇内部になにか隠されていることが明らかになった。

「精霊王の力に反応したのか」

「すごいね！　すごい！」

リタは大興奮である。冒険好きの彼女だから、秘宝が出てくるのではないかと楽しみなのだろう。

一方でシルルカはフェリクスをまじまじと眺める。

「あの……おそらくこれは、精霊王の力を手に入れて使うと開く仕掛けですよね」

「そうだろうな」

「団長さんがここでその力を手に入れたことに気づいていれば、そのときに開いていたのでは？」

「その可能性はあるな……」

彼が鈍すぎたのかもしれない。

少しばかり落ち込んだフェリクスだが、気を取り直して、祭壇に隠されていたものを確認する。

中にあったのは小箱だ。

危険物ではなさそうだが、念のためフェリクスが手に取ってみる。

「わあ、すごいお宝です！」

「まだ開けてもいないんだけど」

気が早いリタである。

蓋を開けてみると、紙の束が入っていた。その一番上は発見者への手紙だ。

――精霊王の翼を手にした者へ。

その一文から始まる手紙には、シルルカの父の思いが綴《つづ》られていた。

君がこの手紙を読むとき、私はこの世にいないだろう。

私は魔導の研究者であったが、同時に精霊王の調査も行っていた。それが世の発展のためになると考えていたからだ。魔人との戦争が盛んになっており、ヴェルンドル王国が渦中にあるのは誰もが知るところで、精霊王の力は平和のために役立つはずだった。

しかし、精霊王の力の強さや利用価値が現実味を帯びてくるにつれて、人々の欲望が鎌首をもたげてきた。宗教家たちは教義のために、権力者たちは自らの繁栄のために、そして魔人どもは人を討ち滅ぼすために、精霊王を利用しようと動き始めた。

誰も平和のために用いようとは思ってもいなかったに違いない。

そこで私は精霊王の力を誰にも渡さないことに決めた。最初から見つからなかったことにしたのだ。

精霊王そのものの力は、人の身に宿さなければ利用することは難しかったが、漏れ出る力は使うことができたため、その力を用いて祭壇を強力な幻影の中に隠した。精霊王の力がごくわずかであっても効果は絶大で、恐ろしくなるほどだ。

誰にも見つからないなら、それに越したことはないが、きっとうまくはいかないだろう。私が発見したことは誰にも伝えていないものの、精霊王の気配を嗅ぎつけて、汚れた手段を取る者が出てくるはずだ。

そうなったとき、我が娘シルルカに災厄が及ばないように、精霊王の力を使ってておいた。凶刃が迫ったとしても、彼女が持つアルゲンタムの器が導いてくれるように。

私もまた、私利私欲のために精霊王を利用しようとしている連中と変わらないことをしている。本来、精霊王の力を渡す相手は公正に選ぶべきだろう。だが、世界よりも我が娘に天秤《てんびん》は傾いていた。

この手紙を読む君には酷な運命を背負わせてしまった。その力を狙う者が君に襲いかかるであろう。

だが、君が平和を望むなら、その力は大いなる助けとなってくれるはずだ。ここに私の研究成果を残しておく。

どうか平和のためにその力を使ってほしい。そして願わくは、我が娘シルルカが平穏に暮らせる世のために。


読み終わったとき、シルルカは口を結んで、漏れ出そうとする声を押しとどめていた。けれど、いともたやすく嗚咽《おえつ》はこぼれ出てしまう。

「どうして、なんで父は……」

縋《すが》るシルルカをフェリクスは抱き留めた。

もし、彼女の父がアルゲンタムの器を自分に使っていたなら、命を落とすことはなかっただろう。

危険を予感しつつも、シルルカを守ってくれる人に精霊王の力を渡すことに決めていたようだ。

「ほんと、身勝手なんですから」

気持ちと裏腹な言葉には、亡き父への情がこもっていた。

涙がやむまで二人はそうしていた。

シルルカはフェリクスから少し離れると、目元を腕で拭う。

「団長さん、巻き込んでしまって、ごめんなさい」

「気にするな。この力も便利だしな」

精霊王の力を持っていれば、戦乱に巻き込まれる。だからシルルカには力を渡さなかったのだろう。

もし、彼女がもう少し大人になっていたなら、渡すかどうか、父も相談していたかもしれない。けれど、今となっては話をすることすらできない。

「さあ、資料に目を通しましょう」

シルルカは赤くなった顔で微笑《ほほえ》んだ。

気持ちの整理はまだついていないはず。けれどそれは、ゆっくりと時間をかけて彼女の中で消化していくしかない。

フェリクスも残された資料に目を向ける。

そこには精霊王にまつわる考察が書かれていた。通説とは異なる内容が多く、吟味するには時間を要する。

「これは持ち帰ってから話し合いましょうか」

「そうだな」

「ディヤヴァーユさんたちが待っています。戻りましょう」

いつしか霧は晴れていて、翼を失った祭壇だけがある。

もうここにはなにも残ってはいない。

三人は来た道を戻っていくのだった。

◇

別行動を取ってからさほど時間はたっていないため、彼らもあまり移動してはいないだろう。近くに魔物もいなかったから、まだ危険はないはず。

そう思っていたのだが、リタが警告する。

「ディヤヴァーユさんのところに、空から迫ってくる魔物がいます！」

「急ぐぞ！」

フェリクスは二人を抱えて走りだした。

リタ曰《いわ》く、魔物はかなり速度を出しているらしい。遠くにいたから気づけなかったとのことだ。

もしかすると、ぴよちゃんが飛んでいたから、それに目をつけたのかもしれない。

だが、全速力で駆けるフェリクスには敵《かな》いやしない。なんとか間に合うはず――！

木々の合間から、ディヤヴァーユたちが見えるようになった。そして降下してくる巨大な鳥も。

「クェエエエ！」

奇声を上げながら迫る鳥の爪は、チャルチを狙っていた。彼はディヤヴァーユを守るように前に出て剣を握っていた。

「来やがれ！　俺が相手だ！」

「チャルチ！　ダメよ！」

ディヤヴァーユは止めるが、もう両者の衝突は間近であった。

勢いよく爪が繰り出され、刃が振るわれる。それらがぶつかり合い、甲高い音を立てた。

力の勝負は一瞬。チャルチは突き飛ばされ、魔物は反動でわずかに下がったものの、体勢を立て直して彼らを狙っている。

邪教徒らは弓を構えて睨《にら》みつけていた。

そうした状況を確認しつつフェリクスは告げる。

「シルルカ、リタ！　敵に突っ込むぞ！」

なんとか割り込まなければ、彼らが危ない。

そう思った直後、激しい音とともに魔物が回転しながら舞い上がった。

「ポッポ」

ポポルンが敵を蹴り上げていたのである。魔物の体はポポルンの何十倍もあるが、ものともしない力強さだ。

フェリクスが到着したときには、魔物は上空から落下しつつあった。

その場にいる邪教徒たちは皆、なにが起きたのかわからずに呆然《ぼうぜん》としている。

「俺が討ち取る！」

リタとシルルカを降ろして、フェリクスは剣を抜く。

一瞬、気を失っていた魔物だが、今は意識を取り戻して地上に目を向けつつある。落下の勢いで貫こうとしているようだ。

少しずつ敵の姿が近くなってくる。

そして両者が衝突する瞬間――刃が煌《きら》めいた。

ぐしゃっと音を立てて、巨体が地面にぶつかる。その頭は切り落とされて、離れたところに転がった。

「団長《クルス》さん、お見事です！」

「師匠、かっこいいです！」

二人に褒められながら、フェリクスは剣を鞘《さや》に収める。

「すげえ……！」

「うおおおおお！」

邪教徒らが歓声を上げる。

ディヤヴァーユは彼のところにやってくると頭を下げた。

「ありがとうございます。おかげでチャルチが助かりました」

「いえ。礼ならチャルチに言ってください。彼がいなければ、間に合いませんでしたから」

フェリクスはそう言うのだが、彼女はチャルチのところに向かう前に、ポポルンに頭を下げるのだ。

「ありがとうございます。ポッポさん」

ポポルンは気にするふうもなく、ぱたぱたと飛び回るのであった。

さて、ポッポ鳥よりも優先順位の低かったチャルチであるが、彼は立ち上がって服に付いた泥を払っていた。

「チャルチ、ありがとう。おかげで助かったわ」

「なにもできなかったし、無理に礼を言わなくてもいいよ」

「そんなことない！　気持ちは本当に嬉《うれ》しかったから……」

「じゃあなんでいつも止めるんだよ。俺はディヤヴァーユを守りたかったから、邪教徒になったのに。手伝わせてくれよ！」

「それはあなたが心配で……傷ついてほしくなかったから！」

二人は言い合いを始める。

フェリクスは、止めたほうがいいんだろうか、自分がきっかけだしなあ、と考えるのだが、左右の二人は楽しげに眺めていた。

「あれが痴話喧嘩《ちわげんか》というやつですね」

「仲良しさんなんだね！」

そんな会話が聞こえたのか、チャルチとディヤヴァーユは気まずくなって、周囲を見渡す。すると皆が微笑《ほほえ》ましく眺めていて、二人とも俯《うつむ》いてしまったのであった。

「さ、さあ！　魔物を片づけましょう！」

「そうだな！　この羽は布団になりそうだ！」

ディヤヴァーユとチャルチは、仲良く魔物の処理を始めるのだった。

それからも魔物討伐は続いて、幾度も交戦があったものの誰一人欠けることなく、その日の仕事は全《まっと》うされた。

それぞれの獲物を手に、邪教徒らは凱旋《がいせん》するのであった。

◇

その晩、フェリクスたちは祭壇から持ってきた資料を基に話し合っていた。

それによれば、千年前に魔導は全盛期を迎えていたとのことだ。

当時は技術として魔導が用いられており、精霊教からは精霊を「物」として扱うことへの不満が出ていた。

とはいえ、その精霊教も魔導による恩恵は無視できず、利用していた形跡がある。魔導ではなく精霊の加護と言っていたが、それは建前であったと推測されているらしい。

これと同様に精霊教が区別をつけたものはほかにもある。

当時の「魔物」は精霊教以外が契約している精霊を指し、「守護精霊」は精霊教の教徒たちが契約した精霊を指していたそうだ。

また、その頃の精霊教は魔導を推奨していなかったこともあって、日ごとに影響力が弱くなっていたらしい。しかし、あるときを境に急に勢力を伸ばし始める。

そのきっかけは精霊王の降臨だ。

これによって精霊教は一大宗教に成り上がったのである。

この頃から、以前の文献には一切、出現していなかった「魔人」が出てくるようになったという。

「なにか関連がありそうですよね」

「しかも、精霊教には裏があると推測している」

精霊教に関して、当時の正確な文献が存在しないのだ。残っているのは怪しげなものばかり。焚書《ふんしょ》を行った可能性がある。

シルルカの父は宗教学者ではないから、そちらについては詳しく調べてはいない。あるいは身の危険を感じて控えたのか。

いずれにせよ、精霊教と魔人がその頃から精霊王に絡んでいるのは間違いない。

「手紙にも、魔人に関する記載があったよな」

「ええ。精霊王の力を狙ってきていると」

「セイレン海の襲撃時、魔人は俺の光をもらっていくと言っていた。思えば、ザルツは俺を知っているようでもあった。数年前から関わっていたとしてもおかしくないな」

各国が混乱していたから、暗躍するにはちょうどいい状況だった。

「魔人が竜魔人なのかあの青白い魔人なのかは、書かれていませんね」

「それがわかれば、敵を絞りやすくなるんだが……」

「『竜魔人』を『魔人』と呼ぶのが当たり前の時代だからそのように呼称したのか、あらゆる『魔人』を示したのか、どちらかの可能性が高そうですね」

「ややこしいし、全部警戒しておけばいいか」

「団長さんらしいですね」

シルルカはくすりと笑う。

「なんにせよ、敵と比べて俺たちは情報が少ない。大収穫だったな」

「ええ。本当に」

シルルカは心底嬉《うれ》しそうに頷《うなず》くのであった。

おおかた話が出尽くしたところで、ドアがノックされた。入ってきたのは自警団で働いている女性である。

「お食事の準備ができました。皆さんもいかがでしょうか?」

「ありがとうございます!」

「楽しみ! 今日はたくさんお肉が食べられるね!」

それまでじっとしていたリタが我慢できずに飛び出した。お腹《なか》が空《す》いていたようだ。

シルルカもまた、資料を大切そうにしまうと、二人に続く。

外はすっかり暗くなっており、美しい夜空が見える。

女性の案内に従って歩いていくと、賑《にぎ》やかな声が聞こえてきた。大きな獲物が捕れたときは、自警団では宴《うたげ》を開くそうだ。

「お肉の匂いがします！」

炎の周りに人が集まっていた。そこで肉を焼いているらしい。

フェリクスたちが捕ってきた魔物以外にも、様々な鳥獣の肉がある。討伐した魔物だけでなく、出くわした動物も捕まえてきたそうで種類は豊富だ。

一行はタレの入った皿を手に持ち、人だかりに加わる。

網の上に並べられた肉は炙《あぶ》られて肉汁を滴らせていた。リタは大きな目を輝かせながら、尻尾をぶんぶんと揺らす。

「わあ、おいしそう！」

「お嬢ちゃんも遠慮せずに食え！」

「ありがとう！　いただきます！」

素直なリタは早速、網の上の肉を取ってタレに浸け、頬張った。

「んー！　幸せ！」

うっとりするリタである。あまりにも幸せそうにしているものだから、見ている者たちまで釣られて笑顔になる。

シルルカも「いただきますね」と肉を取る。

食べてばかりでも悪いので、フェリクスはトングを使って肉を焼くのだが、そうしているとお腹《なか》が減ってくる。

ジュウジュウと焼ける音、食欲をそそる香りをたっぷり含んだ煙。

シルルカとリタのお腹《なか》が膨れてきたら食べようかな、と思っていた彼であるが、一向に食べ終わる気配がない。二人とも今日は心ゆくまで堪能するつもりらしい。

仕方がないので、二人の皿に肉を入れながら自分の分も確保する。

まずはあの鹿の魔物の肉からだ。焼きすぎるとパサつくが、かといって生だと感染症の危険があるため、ほどよく火が通った頃を見計らう。

(今だ!)

フェリクスはさっとトングでつまみ上げると、自分の皿へ。そしてタレをつけて口に放り込んだ。

独特の匂いがあるが、それほどきつくはない。噛《か》むと肉汁とともに旨味が溢《あふ》れ出てくる。一方、脂肪が少なくさっぱりしていて食べやすい。

「なるほど。いくらでも食べられそうだ」

リタの食欲が止まらないのも頷《うなず》ける。

仕留め方や処理によっては匂いがきつくなると聞くが、これは少々癖がある程度だ。それも食べていると慣れて、やみつきになってくる。

思わず肉に夢中になってしまったが、リタが物欲しそうな顔で見ていた。

「すまん」

フェリクスが肉をあげると、彼女は満面の笑みを浮かべるのだった。

鹿の魔物以外にも肉はたくさんある。

川で捕ってきたらしい鴨《かも》の肉は、ふっくらして柔らかく、実にジューシーだ。こちらも癖がなくて食べやすい。野鳥の丸焼きは小鳥のせいか小骨が多いが、しっかり焼くと骨ごとバリバリといける。身が少ないのは難点だが、味は悪くない。

家畜よりも野生の鳥獣が食卓に上るほうが多いのか、処理から調理まで、皆が慣れている様子だ。

「ポポルンも食うか？」

呼び出すなり元気よく現れたその鳥は、肉を啄《ついば》み始める。

（ポポルンにはあとでアッシュに連絡してもらわないとな）

精霊王に関する情報を伝えておかなければならない。

食べても食べてもなくならない肉を存分に味わっていたが、最初にシルルカが「もう食べられません」と大きく息を吐き、続いてリタが「お腹いっぱい！」と大きく膨れたお腹を撫《な》でる。

そんな二人を見たフェリクスは腹八分でやめておくことにした。

食休みしていると、リタとシルルカがそわそわし始める。

「あれはチャルチさんとディヤヴァーユさんですよね」

離れたところで、二人でなにかを話しているのだ。

リタは狐耳を立てると、「なんだかいい雰囲気です！」と報告する。

「盗み聞きするなよ」

「違います！　音の魔術は使ってません。リタの聴力がよすぎてたまたま聞こえちゃうだけなんです！」

「随分、都合のいい耳だな」

とはいえ、彼女の聴力が優れているのは事実だ。

気になるシルルカとリタは、そちらに向かおうとする。

「団長さん、ちょっと散歩してきます」

「あのなあ……」

「師匠も一緒に行きましょう！」

リタが彼の手を引っ張る。シルルカが悪戯《いたずら》っぽい笑みを向けた。

「これで共犯者ですね！」

「散歩じゃなかったのかよ」

「おっと、そうでした」

るんるんと楽しげなリタ、好奇心でいっぱいのシルルカと一緒に、フェリクスは散歩する。

少し歩いたところで、チャルチの声が聞こえてきた。

「俺と付き合ってくれ！」

シルルカとリタが顔を見合わせて「わあ」と呟《つぶや》く。

「……ごめんなさい、今はまだ」

「そ、そうか。いや、無理言って悪かった」

「でも、チャルチが一人前になったら考えてあげる」

「本当か!?　俺、頑張るよ！」

沈んだ声が一変して、喜びに弾む。

一方でフェリクスの隣でひそひそと話す声は判断に迷っていた。

「むむ……これは了解ということでしょうか？」

「でもごめんなさいって言ったよ」

「キープというやつかもしれません」

「はっ！　これが大人の女性なんだ……！」

二人は好き勝手なことを言い合ったあと、フェリクスのほうを見る。

「どう思いますか？」

「乙女心を俺に聞くなよ」

「確かにそうですね。経験のない人に聞いたのが間違いでした」

たとえ事実だとしても、言い方というものがあるではないか。

ちょっぴりへこむフェリクスである。

そんなことを言い合っていると、ディヤヴァーユとチャルチがこちらに歩いてきた。

「あら、お三方も散歩ですか？」

「はい！　正真正銘の散歩です！」

（嘘《うそ》の散歩があるのか？）

誤魔化すのが下手なシルルカであった。

仕事のときは頭が切れるのになあ、とフェリクスは苦笑する。

「そういえば、山狩りに関して気になっていたことは解決したのですか？」

「ええ、おかげさまで」

「それはなによりです」

ディヤヴァーユはにっこりする。

こんな柔らかな態度を取られたら、きっと惚《ほ》れてしまう男性は少なくない。しかし、チャルチは普段のきりっとした彼女が好きなんだろうな、とフェリクスは思う。

彼は今の時間が幸せそうに見えた。

「次はどこに行くんだ？」

「ヘーリシルさ。シルルカ《ルシュカ》の故郷なんだ」

「そうか。元気でやれよ」

「チャルチもな。……愛想を尽かされるなよ」

フェリクスが小突くと、「そっちこそ」と肩を叩《たた》かれるのだった。

「大丈夫です、リタ《リーン》はどんな師匠でも愛想を尽かしませんから！」

「まあ、団長《クルス》さんは相変わらずですからね。ちゃんと知ってますよ」

「……フォローになってないんだけど」

そう言う彼女たちはきっと、これからも一緒に旅をしてくれるのだろう。

フェリクスは少しだけ未来のことを考えるのだ。

ディヤヴァーユ、チャルチと別れると、シルルカが彼の顔を覗《のぞ》き込んでくる。そして微《ほほ》笑《え》みながら囁《ささや》いた。

「団長さん」

優しく、甘えるような声音だった。

「これからも守ってくださいね」

「ああ。約束だ」

「リタも！　リタも守ってください！」

「あの、私と団長さんの話なのでリタさんはおとなしくしていてください」

「百貌ばっかりずるい！　私だって師匠と一緒がいいもん！」

こうなると、いつもの雰囲気に戻ってしまう。

（それも俺たちらしいか）

決して居心地は悪くない。これからもずっと、このままであってほしいと願うくらいに。

そしてヴェルンドル王国の旅もまだ終わらない。

ヘーリシルではなにが待ち受けていようか。それがなんであれ、シルルカが笑っていられるようにしなければ、とフェリクスは決意する。

東の空には星々が輝いていた。

第十二章　幻影魔導師と銀の陰謀

ヘーリシルは情緒のある古風な美しい町であったが、今は見る影もなかった。

街路は荒れており、家々の壁は崩れて落書きまでされている。元々、裕福な町というわけではなかったが、戦後はますます状況が厳しくなっていた。

そうなると柄の悪い連中も住み着き、治安も悪化の一途を辿《たど》る。

「聞いてはいたが……これほどとは」

ヘーリシルのことを教えてくれた女性が、行かないほうがいいと言ったのも理解できる。

うら若い女性ならば、人気《ひとけ》のない夜はもちろんのこと、日中でも外出を躊躇《ちゅうちょ》するかもしれない。

「思い入れはないと思っていましたが、こうして変わってしまった町並みを見ると、物寂しさを感じずにはいられませんね」

「故郷というのはそういうものさ。気にしないようにしていても、心のどこかにあるものなんだ。無理に追い出さなくていい」

「それもそうですね。団長さんと出会った思い出の場所でもありますから」

シルルカはフェリクスの手を取るのであった。

町並みは変わってしまったとはいえ、見分けがつかないほどではない。シルルカの案内に従って、彼女の実家に向かっていく。

あまり人が歩いていないのは、余計なトラブルを避けようとしているからか。リタによれば、家々からは声が聞こえるため、住民がいないわけではないらしい。

「あれ？　ドロフスって……？」

「東のほうを牛耳《ぎゅうじ》っている有力者だとチャルチが言ってたな」

「この町を支配している人たちのボスが、ドロフスみたいです」

「評判はどうだ？」

「悪いです。極悪です！」

リタが大きな声を出してしまったので、近くで耳にした住民がぎょっとした顔になる。

そういう発言は身の安全のためには憚《はばか》られるのだろう。

「そんな連中、追い出しちゃえばいいんですよ」

シルルカがいつになく、感情のままに告げる。

「近くに魔物の巣があるみたいだよ。ドロフスたちが魔物から町を守っているんだって」

西のほうではチャルチたち自警団がその役割を担っていたが、こちらでは荒くれ者たちが魔物を駆除しているらしい。

町は荒れているものの、魔物に襲われて食われるよりはマシだと住民たちは考えているようだ。

「つまり、魔物を討伐すれば、荒くれ者を追い出してもいいってことですね」

「それはそうだが……背景まで考慮しないと、その後に問題が起きかねない。よかれと思ってやって、悪化させることもあるだろう。ドロフスについて調べるのが先だな」

「珍しく団長さんが考えていますね」

「いつも考えてるぞ。……普段はシルルカの役割だが、こんなときくらいはな」

「百貌がダメなときは、私たちがカバーしてあげるよ」

「リタさんにまで言われるなんて。反省して、心を落ち着かせますね」

「うんうん。私がいてよかったね」

素直に受け取るリタと、それほど感情的になっていたかと悩むシルルカであった。

町並みは次第にシルルカの見慣れたものになってくる。彼女は目を細め、ゆったりと尻尾を揺らす。

やがてシルルカは一軒の家を指差した。

「あれが私の実家です。全然変わってません」

「立派なお家だね！」

庭付きの一軒家で、ほかの家と比べると土地が広く、離れまである。

「父は魔導の研究に没頭しているような人でしたから、書斎や研究部屋などの設備を充実させていたんですよ」

門をくぐって庭に入ると、草木が伸び放題になっていた。手入れされた形跡もなく、誰かが使用しているわけではなさそうだ。

鍵はかかっておらず、中に入ることができた。

「では、精霊教や魔人についての手がかりを探しましょうか」

まずは物が少ないところから始めていく。

リビングには家具があるくらいで、めぼしいものはない。シルルカはじっと見つめていたが、「次に行きましょう」と促した。

そうしていくつかの部屋を調べた後、いよいよ書斎へ。

そこには大量の書籍が残されていたが、床に散らばっていたり、引き出しが開けっぱなしになっていたり、荒らされた形跡がある。

シルルカは眉をひそめながらも、それらを片づけつつ調べていく。

「この有様だと、すでにめぼしいものは奪われたあとでしょうね」

そう言う彼女であるが、ここにある本は魔導関連のものばかりだから、目移りして仕方がないようだ。

「あとで読む時間を取ろうか？」

「えっと……じゃあ、お願いします」

急ぎの用事があるわけでもない。それくらいの時間はあるはずだ。

難解な本ばかりで、魔導に関する知識のないフェリクスにはほとんどわからない。幼い頃のシルルカも読めなかっただろう。

そちらは彼女に任せて、フェリクスは引き出しの中など、シルルカの父の私物を確認していく。

すると、隣で作業していたリタが声を上げた。

「あ、これ……！」

リタが元気よく取り出したのは肖像画だ。

そこには狐人族の親子二人が描かれている。

「小さい頃の百貌？」

「なにかと思えば……そうですよ」

フェリクスも覗《のぞ》き込む。

ちょっぴり無愛想だが、整った顔立ちの愛らしい少女だ。

「面影があるな。……そういえば、幻影の魔導を使っているんじゃ？」

シルルカは百貌の異名を持つように、他人に対して幻影の魔導で顔を変えていると言っていたが、この絵画が描かれた頃は素顔だったはず。

「前に言ったじゃないですか。この素顔《かお》を見せるのは団長さんだけだって」

フェリクスは今になって、その意味を理解する。他人ではない特別な彼にだけ、幻影の魔導を使っていないということだ。

「確かに言われてみれば、違うかも」

リタはまじまじと絵画を眺める。

シルルカも今ではすっかりリタと仲良しだが、当初はそうでもなかった。そのときから幻影の魔導は使ったままなのだろう。

「どこで私だと判断したんですか？」

「えっと、耳と尻尾！」

「確かに顔以外だな」

シルルカの金色の尻尾は綺麗《きれい》だから、印象的なのだろう。

幻影の魔導で姿を変えるにしても、大きく変化させると違和感が出てくる。だから、できるだけ素性に結びつかないように配慮する相手以外では、顔を変える程度にとどめているようだ。

「遊んでないで、調査を続けますよ」

そうして一行は日がな一日、家捜しをするのだった。

◇

「そろそろお夕飯にしませんか？」

ひととおり家捜しが終わったところでシルルカが提案する。

今日はここに泊まるとして、食料の類はなにもないから、食事は外で取らなければならない。

「賛成！　師匠、ご飯にしましょう！」

「ああ、休憩にしよう」

三人は家を出て、夜の町を歩く。

街灯は老朽化して使えなくなったものもあり、町は明るくはない。

夕食はなにを食べようか、と話し合いながら店を探していく。ここは住宅街だから、少し離れた通りに出るといいらしい。

「シルルカのお勧めの店は？」

「父がいつも作ってくれたので、あまり外で食べたことがないんですよ」

「じゃあ、俺たちと同じだな。よさそうな店を探索だ」

シルルカもまた、新鮮な気分になるのだ。

楽しげな一行であったが、リタがはっとする。

「あっ。そこの通路で悪いやつに絡まれている人がいます」

「やめさせないと」

勢い込むフェリクスであるが、リタが止めた。

「待ってください。顔見知りの悪いやつにいつもやられているようです。いろんな人が被害に遭っていて、でも逆らったら余計にひどい目に遭うから反撃できないみたいです」

「助けたら、その人が逆恨みされる可能性がありますね」

「ふむ……ならば、まったく無関係の俺が、二度と恐喝したくなくなるような目に遭わせればいいんじゃないか？」

「さすが団長さん。極悪人ですね」

「なにしろ、今はただの旅人だからな」

「悪い顔の師匠も素敵です！」

「そんなに褒めるなよ」

フェリクスはおどけつつ、リタから現場の詳細を聞く。

すでに被害者は金をむしり取られてしまったようで、犯人は裏路地を出て通りを歩き始めていた。

「シルルカ、俺の顔を変えてくれ。できるだけ強面《こわもて》に」

「わかりました。ついでに格好も変えておきますね」

相手は魔術の心得はないようだから、大きく変えても気づかないだろう。

フェリクスは裏路地を経由して迂回《うかい》し、通りを行く男の前に現れる。

「よお、ちょっと面《つら》を貸してくれねえか」

「あ?」

「二度も言わせるんじゃねえ!」

拳が腹にめり込み、うめき声が上がる。フェリクスがそのまま腕を振り抜くと、男は大きく飛ばされて路地裏に転がった。

「いきなりなにしやが――」

フェリクスは男の言葉を無視して胸倉を掴《つか》むなり、強引に立たせて壁に押しつける。

「て、てめえ……クスリでもキメてんのか!?」

「聞いたぜ。随分、好き勝手やってるそうだな」

瞬間、男の顔が青ざめた。

やはりこの男は有力者ドロフスの手下でもないのに好き勝手に振る舞っていたか、あるいはその中でも下っ端だ。

逆らえない相手がたくさんいる立場にあるのだろう。

「お、俺は許可をもらったからこうして……!」

「あ？　誰だそいつは」

「いや、その……具体的に誰というか……」

「言い訳は聞きたくない。さっさと言うか、ここでなにも言えなくなるか、好きなほうを選べ」

フェリクスに首を掴まれた上に睨《にら》まれて、男は震え上がる。

魔王をも斬り倒すフェリクスの気迫には、並の胆力では耐えきれない凄《すご》みがあった。

「デューポンさんです！　ほら、ドロフスさんの手下の！　あの人がやっていいって言うから……」

「あいつか。今はどこを仕切ってる？」

「首都のローゼン地区です！　前はこの町でした！　いや、その……出世して他のやつに引き継いだから、ヘーリシルには権限がないのは知ってたけど……」

「ったく。最初からそう言えばいいものを。もううろちょろするんじゃねえぞ。手間取らせた迷惑料としてこいつはもらっていく」

フェリクスは男から金を巻き上げると、鋭い一瞥《いちべつ》をくれてから立ち去る。男はガタガタと震えていたから、もう悪いこともしないだろう。

話によれば、デューポンという男がこのヘーリシルを仕切っていたが、ドロフスに目をかけられて首都に行ったようだ。先ほどのチンピラはその頃から好き勝手していたが、今は別の人間が仕切っているらしいから、釘《くぎ》を刺しておけば、もう悪さはしないだろう。

考えながら戻ってくると、シルルカが不安そうにしていた。

「だ、団長さん……？」

「ふう、悪ぶってみるのも疲れるものだな。なにしろ、根が善良だから」

普段の様子に戻ると、シルルカは彼の冗談には突っ込まず、表情を緩めた。

「団長さんはこっちのほうがいいです」

「リタはどんな師匠でも受け入れますよ！　きゃっ」

二人に迎えられて、フェリクスもこのほうがいいなと思うのであった。

金を持ち主に返した後、三人はゆっくりと相談する。

「結局、ドロフスをなんとかしないと、この問題は解決しそうにないな」

「ドロフスの子分が子分を作って、その子分もまた子分を……と増えていきますからね」

「魔物退治をしているやつらはともかく、ああいう連中は役に立たない。いなくなっても困らないな」

なにをするにしても、元凶を断たねばならない。

「よし、あと数日間、この町での聞き取りを俺とリタで行う。その後、首都に向かうから、それまでにシルルカは本を読んでくれ」

「わかりました。なにか役立つ情報があればお伝えしますね」

そうして今後の方針は定まった。

いずれドロフスと相対することになるだろう。

フェリクスたちは気合いを入れて——

「それよりご飯はどうしよう？」

リタがぐう、とお腹《なか》を鳴らすのだった。

◇

ヴェルンドル王国の首都では、邪教徒の魔物による見張りが行われていた。

それは外側に向けたものだけではなく、内側に住む者たちに力を誇示する意味もあったのだろう。首都に住む人々は常に魔物の存在を認識せざるを得ない。

一方で生命の安全が守られていることは、人々に多大な安心感をもたらしていた。とりわけ、戦争が終わったばかりの状況では。

戦争の被害が甚大であったとはいえ、首都ゆえに復興は早く、新しい建物もチラホラ見られる。町の中に土砂なんてありはしないし、これまで見てきた町と比べると、はるかに綺麗《きれい》だ。

フェリクスたちは街路を歩きながら感心していた。

「さすがドロフスのお膝元だな」

「短期間で、ここまで復興させた手腕自体は認めてあげないこともないです」

「あちこちから巻き上げた金を使っての結果だろうけどな」

数日の間に調べたところ、各都市にいる配下を通して集めた金がすべて首都に来ているらしい。だからここまで復興しているのだ。

ヘーリシルの衰退は、その影響もあるのだろう。

そしてドロフスが今の地位に成り上がれた理由であるが、彼は昔から政治と金に関わっており、その金銭を元手にしたようだ。

邪教徒狩りに関与していたという噂《うわさ》もある。もしそれが本当なら、無実の人々から巻き上げた金ということになる。

邪教徒狩りの被害者でもあるシルルカは義憤を感じているようだ。

具体的にどうするのかといえば……。

「まずは議会に行きましょう」

王族を失ったヴェルンドル王国は共和制に移行しつつあり、制度上の問題はそれほど大きくはないらしい。

問題はドロフスが政治の実権まで握っており、議会がうまく機能していないことだ。市民はおおむね決定に従っているとはいえ、ドロフス一派に対する効力や法的な規制はないも同然。好き勝手に振る舞っているらしい。

「よそ者の俺たちが、簡単に受け入れてもらえるだろうか」

「私に秘策があります」

シルルカが言うと、リタが反応する。

「わかった！　袖の下だ！」

「違いますよ。団長さんにそんなお金があるわけないじゃないですか」

「なんで俺の金なんだよ。シルルカの秘策だろうに」

「うーん……じゃありタの騎士グッズ？」

「その辺に落ちてたガラクタじゃないですか」

「ひどい！　ガラクタじゃないもん！」

ぷんぷんと怒るリタに「ごめんなさい、言い過ぎました」と謝罪するシルルカ。

フェリクスはシルルカの言うとおりだとは思いつつも、リタの気持ちもわからなくもないので黙っていた。

そんな話をしているうちに議事堂が見えてきた。

二階建ての立派な建物で、とても一般市民が気安く入れるようには思えない。

「緊張するよな」

「お城に土足で上がる人がなにを言ってるんですか」

「まるで俺が非常識みたいじゃないか」

「事実そうですよね」

「師匠は常識に囚《とら》われないんです！」

リタにフォローされるフェリクスであった。

議事堂の入り口に到着すると、衛兵に止められる。

「一般の方は立ち入りできません」

「そこをなんとかなりませんか？」

「お引き取りください」

「では、アムル様に言伝をお願いできませんか？　重大な要件なのです」

それくらいならば、と衛兵は承知してくれた。

「お名前を教えてください」

「シルルカ・ヴァニールです」

その名を聞いて、衛兵の顔色が変わった。「少々お待ちください」と言い残し、すぐに連絡しに行く。

名を明かすことになるから「秘策」なのだろう。数年が経過しているとはいえ、彼女はあの邪教徒狩りで追われていた身なのだ。

「シルルカの姓ってヴァニールだったんだな」

「知らなかったんですか？　もう何年も一緒にいるのに」

「この国に来るまで聞いたことがなかったからなあ」

「私も言いませんでしたし、当然ですね」

そりゃ知らなかったはずである。フェリクスは納得するのだった。

どれくらい時間がかかるか考えていると、議事堂から中年の男性が出てきて、シルルカを見て目を見開いた。

「おお、生きていたのか……！　よかった！」

「お久しぶりです、アムル様」

「ずっと心配していたのだ。例の事件があってから……ここにいて大丈夫なのか？」

アムルは目だけを動かして周囲を窺《うかが》う。数年たった今も邪教徒狩りの話は大っぴらに口にできない内容なのだろう。

「こちらの状況はアムル様のほうが詳しいかと思います」

「場所を変えよう」

三人はアムルに促されて、彼とは別の馬車に乗り込んだ。話は行き先に到着してから、ということである。

「彼はどんな人なんだ？」

「父の親友でした。以前は法務に携わっていましたが、今は議員になったようですね。清廉潔白な人なので、暗殺されずにいるのが不思議なくらいです」

「汚職にまみれた状況だと、真っ先に邪魔者扱いされそうだな」

「ええ。きっとこの国は、そこまで悪くはなっていなかったのでしょう」

シルルカは少しばかり嬉《うれ》しそうに見えた。

やがて馬車が止まったので降りると、高級料理店の前だった。

顔が強張《こわば》るフェリクスとは対照的に、リタはわくわくが抑えられないようだ。

「さあ、入ろうか。代金は私に任せて気にしないでくれ」

「ありがとうございます！」

真っ先に頭を下げるフェリクスだった。こんな高そうなところで三人分も払うなんて、とても考えられない。

中に入るとすぐに個室に案内される。ここは防音設備が整っていて個人の情報も守られているため、要人と会うときにはよく使われるのだとか。

お品書きを見て悩むリタに、「好きに頼むといい」とアムル。

（そんなこと言ったら、本当に好きなだけ頼むぞ）

彼の財布を心配せずにはいられない。

「誰が聞いているかわからないから、ここを選ばせてもらった」

「念のため遮音の魔術を使いますね」

周囲に聞こえていないことを確認してから、ようやく本題に入る。

「邪教徒狩りはまだ終わったわけではない。思い出話に花を咲かせたいところだが、早く立ち去ったほうが君のためだろう」

「この国に邪教徒はたくさんいますし、黙認されているようですが……」

「ああ。邪教徒という理由での処罰はなくなった。だが、難癖をつけて人を陥れるやり方は、あの頃からなにも変わってはいない」

「……首謀者を、ご存じなのですか」

シルルカは努めて冷静に言おうとしたが、声にはわずかに感情がこもっていた。

アムルは首を横に振る。

「わからない。あの件は闇が深すぎた。私は知らなかったからこそ、生きていられたとも言える」

知った者は消されたのだろう。なんらかの罪をでっち上げられて。

「だが、やつなら知っているかもしれない」

「その人物は……」

アムルはじっとシルルカを見る。

「君は事実を知ってしまったら、黙ってはいられないだろう。無駄に命を落とさせるわけにはいかない」

「……ドロフスですか？」

アムルの顔色が変わる。

「邪教徒狩りに関わっているという話は聞きました」

「……そうだ。ドロフスの本名はロムニスといって、実行犯の一人だった。あの頃、邪教徒狩りに関わっていた人物はほとんどが名前を聞かなくなった。国を出たのか、口封じに殺されたのかはわからないが、ロムニスが別名を使っているところを見るに、後者の可能性が高い」

「父を襲ったのがロムニスかもしれないのですね」

「ほかの実行犯もいるため断言はできないが、その可能性は高いだろうな」

邪教徒狩りに関わっているのが確実ならば、直接話を聞くのが早いだろう。

シルルカの父の仇《かたき》がロムニスでなかったとしても、そこから真犯人を捜す手がかりが得られるはずだ。

「団長さん、これは私の個人的な復讐《ふくしゅう》なのですが、付き合ってもらえますか？」

「悪党退治ならいつでも付き合うぞ」

そんな二人を見て、アムルも黙ってはいられない。

「待ちなさい！　やつは強力な用心棒を抱えているから返り討ちに遭うだけだ。なにより用心深く、連絡は何重にも人を介して行っていて、めったに人前には現れないと聞く。会うことすらできないだろう。すでに死んでいて、別人が成り代わっているという噂《うわさ》もあるくらいだ」

「では、盗聴と尋問で辿《たど》っていくしかないですね。リタさん、お願いできますか？」

「うん。頼んでくるね！」

リタはお品書きを持って個室を出ていった。どの料理を注文するのかに夢中で、なにも話を聞いていなかったようだ。

不安そうなアムルに、シルルカは誇らしげに言う。

「大丈夫ですよ。この人は竜魔王を討ち取って戦争を終わらせた英雄ですから。ロムニスなんて小物には負けません」

「しかし……」

「ね、団長さん」

「ああ。シルルカは必ず守る。この翼にかけて」

フェリクスの背で銀の翼が広がる。

この世のものとは思えない輝きにアムルは言葉を失い、ただただその美しさに見とれる。

翼が消えたあとも、まだ幻覚を見ていたのではないかと宙を眺め続けていた。

ようやく我に返ったのは、リタが戻ってきてからだった。

「そうか……そういうことか。君が選ばれたのか」

「はい」

「シルルカを守ってやってくれ。頼む！」

「確かに承りました」

もうアムルは止めなかった。

さて、ロムニスを追い詰めたとして、それで終わりではない。この国に住む者にとっては、そこからが本番だ。

どうすればこの国がよくなっていくのかを考えなければならない。

「生きたロムニスと生首と、どちらがお望みですか？」

「できれば生かしたまま捕らえてくれ。殺したとなれば、一味の中には暴れる連中もいるだろう。悔しいが、残党を抑えるためにもやつの力はまだ必要だ」

「わかりました。では、そのあとのことはお任せしますね。なにしろ無学で政治には疎いものですから」

大胆なことを言うフェリクスに、もうアムルは驚きもしない。

彼ならばやってのけるだろうと思わせる威風のせいか、それとも親友であったシルルカの父を信じているのか。

「魔物の巣を抑えているのはロムニスだと聞きましたが、彼がいなくなったあとの対応は

「大丈夫ですか?」

「ああ。それは問題ない。ロムニスたちがいなくなれば退治しきれなくなった魔物が溢《あふ》れ出してしまうと市民は思っているが、それこそがやつの思惑で、あえて魔物を全滅させずに調整することで民の意思を操っているんだ。それほど強力な魔物は確認されていない」

「わかりました。事が済んだら、ついでに全滅させましょう」

あっさりと告げるフェリクスである。

シルルカは「本当に悪い連中ですね！」と憤慨していた。

ちょうど話が終わったところで、料理が運ばれてくる。かなり量が多く、四人分とは思えない。

「リタ、いったいどれだけ注文したんだ？」

「えっと、これと、これと――」

彼女はお品書きの品名を次々と指差していく。まさに「好きなだけ」頼んだのである。

フェリクスは青ざめた。

「食べきれないだろ!?」

「あ、じゃあクーコにもあげていいですか？」

リタは尋ねながら、その妖狐を呼び出した。

クーコは料理を見て嬉《うれ》しそうに鳴く。これからロムニス退治を手伝ってもらうから、ごちそうするのはやぶさかではないが……。

フェリクスはリタの振る舞いに悩んだ挙げ句、深々と頭を下げる。

「この国がよくなる前祝いということで、許してください！」

威厳のない英雄の姿であった。

◇

「決して無理はするんじゃないぞ」

「はい。ご心配ありがとうございます」

アムルは馬車に乗って議会に戻っていく。途中で抜け出してきたが、まだ仕事は残っているらしい。

フェリクスたちは早速、動きだす。

向かう先はローゼン地区だ。デューポンとやらが「栄転」した先であるが、近頃はそこでロムニス配下の連中が活発に動いているらしい。

一人ずつ締め上げて、上へ上へと居場所を辿《たど》っていけば、いずれロムニスに辿り着くはずだ。リタが疑わしい会話を探ってくれているから、きっかけはすぐに見つかるだろう。

ローゼン地区に近づくにつれ、ガラの悪い男たちが増えてくる。

この近辺は復旧が遅れたらしく、荒れた建物が多い。そこにならず者が住み着き、治安が悪化し、違法な取引も行われるようになったようだ。

「怪しい薬売りがいます！」

「ほんとにすぐ見つかったな」

「この地区にはロムニスの部下がいっぱいいるみたいです」

もはや人目も憚《はばか》らず動いているようだ。

アムルの話によれば、国の権力では抑えられないから、ますます増長しているらしい。

「それじゃあ、取り押さえるか」

「待ってください！　誰かに接触しようとしています。お金をあげる話をしているので……偉い人に会おうとしているんだと思います」

「上納金でも払いに行くのかもしれないな」

「それでしたら、取引相手を押さえたほうが早いですね」

目立たないように薄汚れた外套《がいとう》に着替えて、三人は現場に向かっていく。

狭い路地を通っていき、耳を澄ませば薬売りの声が聞こえるところまで来た。これ以上近づくと気取《けど》られかねない。

（ここからじゃ、見えないな）

家の壁の死角に入っていて、具合が悪い。

シルルカに合図を出すと、彼女は幻影の魔導で察知されにくくしてくれる。

フェリクスは二人を抱えて、勢いよく跳躍。家屋のベランダやわずかな出っ張りを足場にして、屋上に到達する。

外套《がいとう》で姿を隠しつつ、屋根の縁から身を乗り出す。取引現場はバッチリ確認できた。

「今月の分です」

「確かに受け取った。それにしても……景気がいいじゃねえか」

「へへ、これもドロフス様のおかげでございますよ」

「まったくだ。おかげさまで楽させてもらってるぜ」

「そういえば、先日からデューポンさんが仕切ってますが、どんなもんですか?」

「あの人は緩いから、俺らも自由だな。なんでもへーリシルでの功績が評価されたそうだが、特にやり手ってイメージもない。上に親しいやつがいるんじゃないか?」

「ははあ、羨ましい限りで」

そんなやり取りをして、彼らは別れていく。

もちろん、追うのは薬売りではなく、上の立場の男のほうだ。

彼の移動に合わせて、フェリクスは屋根の上を飛び移っていく。男は人目を気にしながら、地下へ続く階段を降りていった。

そこは連中のたまり場なのか、中で盛り上がっているらしい。

「こんなぼろい商売もねえよなあ！」

「あとは上前をはねるやつがいなけりゃ最高なんだが」

「おいおい、誰かに聞かれたら首が飛ぶぞ？」

リタは内部での会話を教えてくれるから、無理に突入する必要もないだろう。

どうでもいい会話が延々と続くが、彼女はそれを聞き続けなければならない。

（しかし、教育上よくないな）

下品な内容も多く、子供っぽいリタには刺激が強いはずだ。

このままなんの進展もなければ、突入して締め上げようか。

フェリクスがそう思ったところで、男たちに動きがあった。数名が仕事に戻るらしい。

「一人がデューポンのところに行くそうです」

「よし、追うぞ。誰かはわかるか？」

「はい！　声の高い男です！」

「せめて見た目で言ってくれ」

フェリクスは漏れ出る声の一部を聞いていただけで姿を見たわけでもない。声と人物が一致していないのである。

（あの人です！）

リタはひそひそ声で言いつつ、建物から出てきた男たちのうちの、一人を指差す。痩せた若い男だ。

リタが間違えていなければ、デューポンまで行き着けるはず。

入り組んだ道を進み、階段を駆け上がり、橋を渡って地下道を通る。

しばらく追っていくと、視界が開けた。ローゼン地区の中では群を抜いて立派な建物が多い。魔物を連れているのは用心棒の邪教徒たちだろう。

（……こんな場所があるとは）

よそ者が入り込まないように、ここに通じる道はほとんどないようだ。

隔壁を巡らせるのではなく家々の隙間を封鎖して道を閉じているため、国による捜査があっても普通の住宅街を装えるのだろう。

ロムニス一派の目も多くなり、緊張感が高まる。

ごく自然な仕草をしなければ。

尾行がバレないように、ときに迂回《うかい》し、ときに距離を取りながら、彼らは進んでいく。

「ワン！　ワンワン！」

（気づかれたか!?）

犬の魔物がフェリクスらを見て大きく吠《ほ》える。

「こら！　誰にでも吠えるんじゃねえ」

飼い主に叱られた魔物は、しょんぼりとおとなしくなった。フェリクスは苦笑いを浮かべながら通り過ぎる。

（ふう……驚かせやがって）

胸を撫《な》で下ろしていると、追跡中の男が建物に入ろうとする。そこがデューポンの居場所らしい。

入り口の前には見張りがいて、人の出入りを確認している。あの男とも一言二言交わしていたから、用件を聞いていたのだろう。

ここから先は、簡単には通してもらえそうにない。

「えっと、デューポンは最上階にいるみたいです」

「さて、どうやって潜り込むか……」

悩んでいる間にも、先ほどの男は移動を続けている。

「よし、さっきの連中に変装するぞ。シルルカ、できるか？」

「顔を覚えているので大丈夫ですよ。お任せあれ！」

幻影の魔導を用いると、彼らの姿はすっかり変わった。尻尾や耳を隠すのも忘れない。

慌てた体《てい》で建物に向かっていくと、見張りが声をかけてきた。

「なんだお前ら？」

「すみません、さっき痩せた男が来ませんでしたか？　髪が短くて、目つきの悪い――」

「そういえば、お前らはあいつとつるんでたな。なんか用か？」

「大事なものを忘れてったんですよ。デューポンさんのところに着く前に渡さないと！　どやされちまいます！」

「ったく。しっかりしろよ」

背を押されて、フェリクスは中に入る。

内部の構造はわからないため、経路はリタ任せだ。先ほどの男を追っていくことになる。

できるだけ静かに階段を駆け上がり、最上階へ。先の男はデューポンの部屋に入ったばかりだ。

部屋の前には見張りがいるらしく、突入するのであれば強引に行くしかない。

（金とクスリの話です）

聞いていても、ロムニスに繋《つな》がる情報はなさそうだ。長々と居座っていては、見張りに不審に思われてしまうだろう。

変装がバレるリスクがある以上、迅速に行動したほうがいい。

（シルルカ、見張りを幻影で眠らせてくれ。デューポンには、俺たちの姿が一番恐ろしい相手に見えるようにしてほしい）

（わかりました。うまくいくかは不明ですが、やれるだけやってみます）

恐怖の幻影を見せるのはいいとして、相手の内心が反映されるため、なにが見えるのかはわからない。人である保証すらないのだ。

そしてフェリクスたちもまた、相手がなにを見ているのか知ることはできないため、適当に話を合わせるしかない。

(まあ、ダメなときはぶん殴って吐かせればいいな)

シルルカが杖《つえ》を振ると、フロアにうっすらと霧がかかる。

見張りがそれに気づいたときには、すでに幻の中である。もはや抜け出すことはできない。

フェリクスたちはその隙に移動し、デューポンのいる部屋に突入する。

中にいた二人は、フェリクスたちの姿を認めると息を呑《の》んだ。

奥にいる小太りの男がデューポンだろう。ここまで出世したとは思えないほど若い。三十かそれに満たないくらいだ。

フェリクスはつかつかと歩み寄っていく。痩せた男はデューポンに目配せされると、慌てて退室していった。

「な、なんでここに……」

「うまくやっているかと思ってな」

「だからって、こんな急じゃ困るよ叔父さん」

デューポンはへらへらと笑みを浮かべる。

（上に親しいやつがいるって噂《うわさ》だったな）

それがこの叔父という人物なのだろう。

デューポンは間抜けそうな顔をしているのに、ヘーリシルやローゼン地区など重要な場所を任されているのはこれが理由か。

なんとか叔父の居場所を聞き出せれば、ロムニスに近づけるはず。うまく話を誘導しなければ。

「最近、変わったことはあったか？」

「え？　どうしたの？」

「どこから嗅ぎつけたのか、転がり込んできた鼠《ねずみ》がいてな」

「なんだって!?　ぼ、僕じゃないよ！」

「わかっている。だが、鼠はデューポンの名を口にした。話を聞かせてほしい」

「僕は首都に来てから間もないし、顔を知らない人も多いから、誰かが僕の名を騙《かた》ったんだ！　そうだよ、どこか別のところから漏れたのを気づかれなくするように！」

自分の言葉をきっかけに、目の前にいる叔父を騙る偽物に気がつくかもしれない、とフエリクスは危惧《きぐ》するが、その心配はなかった。

デューポンは相当焦っている。冷静ではない。

「私がなぜあそこに居を構えたかわかるか？」

「え……？」

デューポンはきょとんとする。質問の意味がわからなかったようだ。

しかし、少しずつ言葉を捻《ひね》り出していく。

「叔父さんを狙う者は多いから……国が手出しできなくて隠《かく》れ蓑《みの》になって……あと、ローゼン地区は国に見捨てられたって思ってる人が多いから国は立ち入りにくいし、この辺りは魔物がいても目立たないから……」

「だからこそ、あの拠点は失いたくない。慎重に動かねばな」

「……そうだね。僕もその鼠について調べてみるよ」

デューポンは頷《うなず》いた。

叔父が満足する回答ができたことで、彼は落ち着いてきたらしい。そのせいか、違和感を覚えたようだ。

「ねえ、叔父さん……今日はどうしたの？」

「なにがだ」

「いつもなら人を寄越すのに。会ったのなんて五年ぶりだよ」

（まさか……叔父というのはロムニスか!?）

ロムニスは人を使って連絡していて、決して人前には姿を現さないと聞いている。

多くの人間に狙われていることといい、デューポンが分不相応に出世していることといい、話の筋が通ってくる。

「心配だったんだ」

「そうなんだ」

瞬間、デューポンの顔つきが変わったように見えた。

「では、私はそろそろ行こう」

これ以上長居するのはまずい。そう思ったフェリクスは逸《はや》る気持ちを抑えつつ、余裕を持った振る舞いで退室する。

そこからは脱兎《だっと》のごとく走りだす。さっきの連中の姿に戻り、音を立てないように気をつけながら、階段を下って一階へ。

入り口には見張りがいる。その横を通り過ぎようとすると……。

「おい、どういうことだよ。忘れ物なんてないって言ってたぞ」

あの痩せた男は建物を出た後だったらしい。デューポンとの会話が長引いてしまったせいだ。

「すみません、俺らの勘違いだったみたいで……」

「本当かあ？」

男の怪しむ目が向けられる。

フェリクスは平謝りすることを決めた。余計なことを言うより、まだマシだ。

「ご迷惑をおかけしました！」

「はあ、まあいいけどさ……」

「失礼します！」

深々と頭を下げてから、フェリクスはその場を離れるのだった。

◇

フェリクスたちが去った後、デューポンは考えていた。

――心配だった。

叔父はそんなことを言う人物ではなかった。いつも冷徹で金のためにはどこまでも冷酷になる。そんな男だ。

自分の身が心配ならますます引きこもって、人を遣わせていただろう。わざわざ姿を見せるはずがない。

そしてデューポンのことが心配なら……。

（そんなこと、あり得ない）

叔父は血族であるという価値しか、デューポンには見いだしていなかった。

自分の血が権力を保持していなければ許せない。ただそれだけの理由で、デューポンはここローゼン地区を任された。叔父にとっては、自分の配下を送り込みやすくて監視下におけることが大事だったのだ。

だからデューポンの権限などあってないようなものである。

「おい、お前ら――」

部屋を出ると、見張りの二人はぼんやりしていた。

デューポンの歯がギリギリと鳴る。

――してやられた！

あいつらは叔父の姿に変装してきたのだ。どうやって？　わからない。だが、叔父の顔を知っていることから上層部のやつらの可能性が高い。

「起きろ！　人を集めろ！」

見張りを蹴り飛ばし、デューポンは声を荒らげながら階下に向かっていく。早く連中を追いかけなければ。

思えば、声だって違っていた。その上、いつもの口調じゃない。五年ぶりといえども、区別がついたはずだ。

なんで気づかなかったのか。

叔父の幻影に今も怯《おび》えているからだ。このことが叔父に知られたらと思うと、失禁してしまいそうになる。

そんな自分が！　自分を舐《な》めている部下どもが！　欺いた連中が！

（……腹立たしい！）

デューポンは怒りのままに叫ぶ。

「おい！　三人組が来ただろう！」

「ええ、忘れ物を届けに来たと――」

「馬鹿、なにをしていた！　あれは侵入者だ。今すぐ追いかけろ！　人を集めるんだ！」

見張りは慌てて動きだし、次々と人が集まってくる。

ローゼン地区はにわかに騒々しくなった。

◇

「……やはり、気づかれたか」

フェリクスはデューポンがいた方向を振り返る。そちらからは大きな声が聞こえてきていた。

顔は知られていないとはいえ、よそ者がいればすぐにわかってしまう。かといって、あの三人に扮したところで仕方がない。

「シルルカ、これから出くわす連中の顔を覚えておいてくれ。それらの顔を使う。どんどん切り替えながらやり過ごしていくんだ」

「わかりました」

同じ顔が二つあることになってしまうが、同じ場所にいない限りは、そこまで怪しまれないだろう。

「好機は今しかない」

「騒ぎが収まった頃には、ロムニスは逃げ出しているでしょうからね」

「ああ。なんとか探さないと……」

ローゼン地区の「この辺り」で、「国が手出しできなくて隠《かく》れ蓑《みの》になる」場所。

情報はそれくらいしかない。

デューポンは最初、ロムニスが訪れたことに違和感はなかったようだから、ローゼン地区でもおそらく近辺にあるのだろう。徒歩圏内の可能性が高い。

少なくとも、地下道より外側ではないはずだ。

近くにあるのはいたって普通の建物ばかり。

そうしている間にも、追っ手の数は増えている。今はなんとかやり過ごせているが、今後も大丈夫とは言い切れない。

（焦るな、考えろ……）

フェリクスは国が手出しできない場所を考えていく。

ロムニス一派は普段から好き放題にやっているから、実質的に国が関与できないという意味ではなく、形式的に捜査できない場所という意味だろう。

国の権力が及んだ際、問題となる場所はどこか。

「司法と癒着していれば、行政は介入できないが……」

それらは独立した権限を持っているし、ロムニス一派が捕まっていないことを考えると、あり得なくもない。

「そこまで腐敗しているとは思いたくないですね」

「隠れるだけの場所も思いつかないな」

「裁判所くらいでしょうか。この近辺にあるんですかね？」

「あったとしても、すでに使われてないだろうな」

もはや無法地帯と化しているのだから、形式的な手続きなど無意味だろう。

やはり、ほかの線を考えたほうがよさそうだ。

「教会か……？」

宗教は国を超えて広がっており、各国には教徒がいるためその数は無視できず、国にとっては保護せざるを得ない厄介な存在だ。信仰を目的にしているとはいえ、独立した権力と言ってもいい。

隠れ蓑にするにはもってこいだ。

「この辺にある教会を探すぞ」

リタの耳を最大限に活用すれば、それほど時間はかからないはず。

フェリクスはリタとシルルカを抱えて街路を駆けだした。リタの案内によって追っ手を回避する道を選ぶが、どうしようもないところもある。

二人を降ろしてからやや小走りで角を曲がると、道の向こうにロムニス一派の男たちがたむろしていた。

彼らはフェリクスたちを見るなり、声をかけてくる。

「そっちにいたか!?」

「いやいない！　向こうの応援を頼む！　ここは俺たちが見ておく！」

「よし、行ってくる！」

男たちが走っていくのを見送りつつ、フェリクスは無事に通り過ぎる。

今回はうまくいったが、この誤魔化しが何度通用することか。

「リタ、教会は見つからないか？」

「えっと、お祈りの声が聞こえないので、ちょっとわからないです」

「逆に考えれば、ここで教会が見つかったなら、それは隠れ蓑《かくみの》と言ってもよさそうだな」

あとは推理を外していないことを祈るばかりだ。

フェリクスが辺りを見回していると、またしても数人の男が声をかけてきた。

「おい、お前ら。なんでここにいるんだ？」

「怪しい人影があったので追ってきたんですが」

「持ち場は向こうだろ？　しかも、さっきは戻るって言ってたよな」

この男は、変装中の顔の持ち主と会ったばかりだったようだ。

連中は完全に怪しんでいる。いつでもけしかけられるように、魔物に合図を出している者もいた。

（やるしかないか）

「これを見てください」

懐を漁《あさ》るふりをしながら近づいていき、男との距離が縮まった瞬間、フェリクスの拳が炸裂《さくれつ》する。

男がうめき声を上げながら倒れるのを見て、その仲間は目を見開いた。

「こいつ……！」

気色ばむ連中が剣を抜いたときには、フェリクスは別の男を蹴り飛ばしていた。

迫る犬の魔物を投げ飛ばし、煌《きら》めく刃を弾き、迫る敵を打ち倒していく。

「ここだ！　来てくれ！」

（増援を呼ばれる前に仕留めたかったが遅かったか）

フェリクスは叫んでいる男に一撃を食らわせる。

これですべて片づいたが、こちらに集まってくる足音がある。結構な人数だ。

「逃げましょう、師匠！」

「急ぐぞ！」

フェリクスはリタとシルルカを抱えて全力で地を蹴った。

（いい加減、ロムニスの居場所を見つけないと……）

このままでは身動きが取れなくなる。

敵が全滅するまで追っ手を叩《たた》き続けることもできなくはないが、彼一人ならその危険を冒したとしても、今はリタとシルルカを連れているから現実的ではない。

「師匠！　見張りがいる建物があります！」

「もうなんでもいい。とりあえず見に行くぞ！」

フェリクスはそちらに向かっていく。

その間にも、リタは探った情報を教えてくれる。

「遮音性の高い建物みたいです。中は詳しくわからないけど、教会っぽくないです」

「俺の推理が外れていた可能性もある。なにか別の重要な建物でもいいし、手当たり次第にやるしかないな」

その建物のある通りに出ると、外観が明らかになった。

教会なのだが、正教派のものとも王立派のものとも異なっている。ここヴェルンドル王国で多く見かけるものでもない。

有り体に言えば、どうにも安っぽい。

そして教会の前には、魔物を連れた男が二人、立っていた。

「よし、やるぞ。準備はいいか？」

「もちろんです！」

「はい！」

フェリクスたちが向かうと、見張りの男たちが警戒を強めた。

「お前ら、止まれ！」

警告を無視して走り続けると、見張りは魔物をけしかけてくる。

一頭は猿の魔物だが、爪は鋭く獲物の肉をあっさり断ち切るだろう。そしてもう一頭は怪鳥だ。こちらも爪が特徴的である。

どちらも俊敏だがその分だけ小柄で、大型の魔物相手に有効な能力ではない。中程度の大きさの獲物を暗殺するのに適している――たとえば、人間のように。

(殺すことへの躊躇《ちゅうちょ》がないな)

あの邪教徒も魔物も、暴力に慣れている。

フェリクスはそう判断すると、二人を降ろして剣を抜いた。

それぞれの爪が首を狙ってくる。距離が間近になった瞬間、魔物が叫ぶ。

「キィイイ！」

「クケェエエ！」

二つの吠《ほ》える声は、刃《やいば》の煌《きら》めきとともに断たれた。フェリクスが通り過ぎたあとには、首が転がるばかり。

彼はそのまま邪教徒の男二人を押し倒し、首に刃を突きつける。

「ここがロムニスの居場所だな?」

「ひっ……！」

「早く言え。さもなくば、お前の首も飛ぶぞ」

「し、知らねえ！ 俺はただ、ここで見張りをするように言われただけだ！ 本当だ！ なんにも聞いていない！」

涙と鼻水でぐちゃぐちゃになりながら、命だけはと懇願する。どうやら本当に聞いていないようだ。噂《うわさ》が広がらないようにするためか。

「鍵を渡してもらおうか」

「受け取ってない！」

ここは開かずの扉というわけだ。

ますます怪しさが募る。きっと大事なものをたんまり隠しているのだろう。

「いたぞ！ あそこだ！」

そろそろと追っ手が集まってきた。その数は百を超える。

精霊王の力を使えば一瞬で片づくが、これほど大勢の前でやるべきではない。なにより、遺体も残らずに消し飛ばしてしまう可能性が高い。

「ここは私に任せてください」

シルルカが前に出て杖《つえ》を振る。

途端に地面が盛り上がり、敵を阻む壁となった。

彼女はこれまでも魔術はそこそこ使えたが、得意としていたのは幻影の魔導だけだ。しかし、今回のはまるで威力が異なる。

「新しい魔導か」

「はい。私もあの数日間、ただ本を読んでいたわけではありませんよ」

書斎にある本から新たな魔導を習得したようだ。

追っ手は突然のことに戸惑っている。この隙に侵入してしまおう。

「さあ、開かずの扉を開けてみせよう」

フェリクスはそんなことを言いながら、力任せに扉を蹴破った。

バキッと音がして扉が開く。表面の木が剥がれたところからは、金属が覗《のぞ》いていた。

「中に鉄が仕込まれていたみたいだな」

「そんなものをよく蹴破りましたね」

呆《あき》れるシルルカである。

彼女の魔術によって鍵を作れば、開けられないこともないが、このほうが手っ取り早かったのだ。

建物の中を見渡せば、大広間に豪華な絵画が飾られており、黄金の宝飾品も置かれている。とにかく金がかかっていそうだ。

「これが教会か」

「こんな教会もあるんだ。すごいね」

「いや、信じるなよ。外側だけのハリボテだったってことさ」

これはロムニスの居場所と見て間違いないだろう。

フェリクスが前に一歩踏み出した瞬間、矢が迫る。それを受け止めつつ、素早く敵を目視。狙いを定めて投擲《とうてき》する。

放たれた矢は、弓を構えたままの男に突き刺さった。

「うぐぅ！」

「悪く思うなよ。先に進まないといけないんだ」

リタに目を向ければ、ロムニスは最奥にいるらしいと居場所を教えてくれる。どうやら遮音性が高いのは外壁だけで、ひとたび中に入ってしまえば音で敵を把握できるようだ。

そして、フェリクスを仕留めるべく屋敷中から集まってきている敵の様子も判明する。

背後からは敵が次々と迫り、進む先には隠れて待ち構えている。フェリクスだけなら問題ないが、数が多いためシルルカとリタが危険だ。

リタに視線を向けると彼女は頷《うなず》いた。

「クーコ！　百貌を助けて！」

リタの求めに応じてクーコが現れる。高級料理を食べさせてもらったからか、今回はやる気満々だ。

「私よりリタさんをお願いします」

お互いに心配するのはわかるが、今は張り合っている場合じゃない。

「クーコ、二人を頼む」

フェリクスが告げると、クーコは火を吐いて気合いを入れるのだった。

これで後ろの心配はなくなった。彼はずんずんと進んでいく。

「師匠、気をつけてください」

リタが目配せしてくる。

扉に手をかけた瞬間、それを突き破って虎《とら》の魔物が現れるが、フェリクスはあっさりと牙を受け止める。リタがいれば、そんな奇襲などなんの意味もない。

「せえい！」

勢いよく投げ飛ばされた虎は、フェリクスを追ってきた連中を押し潰した。そこにクーコが炎を浴びせると、もはや逃げ惑うばかり。

続く部屋にも別の敵が隠れている。机の下、調度品の影、扉の反対側――直上！

フェリクスの頭上から刃《やいば》が襲いかかる。コウモリの魔物が天井に張りついていたのだ。

「手ぬるい！」

フェリクスは剣を振るうと刃をいなし、返す刀で敵の胴体を両断する。

コウモリが地に落ちると同時に、隠れていた敵が襲いかかってきた。

「うおおおおおお！」

三本の剣が輝くも、たった一振りの前には無力である。

フェリクスは敵をまとめて薙《な》ぎ払って先に進む。この先はロムニスが待つ最奥部だ。

シルルカが杖《つえ》を振ると、調度品や家具がガタガタと音を立てながら動いて、背後の扉を封鎖した。物に宿る精霊の力を借りたようだ。

これで追っ手が到着するまで、少しは時間が稼げるはず。

三人はいよいよ、ロムニスの待つ部屋に足を踏み入れた。

そこにいたのは肥え太った男だ。そして左右には二人の男。

フェリクスらが訪れたとき、デューポンが見た幻はこの三人だったのだろう。

(震え上がるほど恐ろしがるのも、無理もないな)

二人の用心棒は立派なこしらえの鞘《さや》を腰に下げている。簡素な装備の中で、それだけが目立っていた。

挙動は常人のそれではなく、まだ壮年にもかかわらず途方もない数の人間を殺しているはずだ。その強さはこれまで倒してきた連中とは比べものにならないだろう。

そしてロムニスは強欲さを体現したような男だ。豪奢《ごうしゃ》な外套《がいとう》を纏《まと》っており、不思議な模様の入った杖を尊大に構えていた。

一言で表すならば醜悪。他人を蹴落として成り上がった人物とは、このようなものなのか。

「お前は……ヴァニールの子狐か」

ロムニスはシルルカの尻尾を見てすぐに気がついた。彼女は顔以外の格好に関して、幻影の魔導を解いていたようだ。

「我が父を殺したときのことを覚えていますか」

「もちろんだとも。あのときはひどく後悔したものだ」

ロムニスは深くため息をつく。

直後、打って変わって鬼の形相で声を荒らげた。

「精霊王を目前にして、たかが小娘に出し抜かれるとはな……！」

「やはりあなたが……！」

「小娘よ、父を犠牲にして得られた力はさぞ快感だろうな！　その命はどれほど甘美か、私には想像もつかぬ！」

シルルカは怒りのあまり歯ぎしりし、思わず一歩踏み出した。

そんな彼女をフェリクスの手が遮った。そしてクーコも彼女を守るように前に出て、唸《うな》り声を上げて敵を威嚇している。

「安い挑発には乗らなくていい」

「……すみません、冷静さを欠きました」

「戦いは俺がやる。シルルカの分も」

用心棒二人はいつしか剣を抜いている。シルルカが飛び出していれば、切られていただろう。

（やつらは危険だ）

フェリクスはシルルカに目配せすると、幻影の魔導を解いてもらう。

素顔になった彼はロムニスを睨《にら》みつける。

「俺を覚えているか」

「ふむ……会ったことはないはずだが」

ロムニスはしばし考え、目を見開いた。

「そうか、貴様か！　小娘を捕らえる邪魔をしたのは！」

彼は憤怒の念に駆られたかと思えば、次の瞬間には口の端をつり上げて獣じみた笑みを浮かべる。

「素晴らしい日だ！　よもやこんなところで我が復讐《ふくしゅう》がなされるとは！」

これで敵の狙いはフェリクスに定まった。そうしなければ、シルルカが集中的に狙われていただろう。

ロムニスは落ち着きを取り戻すなり、命令を下す。

「お前たち、やつらを生け捕りにしろ。手足がなくなっても構わない」

用心棒二人が剣を構えつつ、フェリクスを睨みつける。

「あんた、見たことがあるぜ。戦争のときに、ジェレム王国の軍にいたな」

「そりゃ光栄だ。俺はあんたらを知らないけどな」

「残念だな。俺らバルセイ兄弟といえば、結構名の通った傭兵《ようへい》なんだがな」

各国の将軍とも渡り合う実力者なのだとロムニスは言う。それはおそらく嘘《うそ》ではない。

「こんな男に使われている理由はなんだ？」

「金払いがいいんでね。世の中、金以上に信頼できるものなんてないだろ？　それが傭兵の生き方だ」

「そうか。それはよかった――」

フェリクスは剣を構える。

「躊躇《ちゅうちょ》せずに打ちのめせる！」

「いいね！　そうこなくちゃ！　ロムニス、報酬ははずんでもらうぜ！」

バルセイ兄弟が牙を剥く。鋭い刃が同時に襲いかかるのを、フェリクスはわずかに体を引いて回避し、すかさず切り返す。

一人がそれを受け止めると、その隙にもう一方が攻めてくる。攻防が一体となっており、息はぴったり合っていた。

二対一を得意としているのだろう。混戦の中でもその状況を生み出して敵を仕留めていくのが彼らのスタイルか。

個々の技量も高いというのに、連携でさらに強力になっており、並大抵の者では太刀打ちできないだろう。ロムニスが全幅の信頼を寄せるのも頷《うなず》ける。

だが、これ以上付き合ってやる義理もない。

「悪く思うなよ」

バルセイ兄弟が同時に切りかかってきた瞬間、フェリクスは片手を剣の柄から外し、大きく振った。

突如、生じた透明の銀の腕が辺りを薙《な》ぎ払う。

二人の男を巻き込んで壁に叩《たた》きつけ、それでもなお止まらない。破壊音とともに壁をぶち抜いて、隣の部屋まで見えるようになった。

「くっ……反則だろ」

息も絶え絶えになりながら起き上がろうとするバルセイ兄弟を、銀の腕は握りしめる。

「ま、待ってくれ――」

「さらばだ」

一度だけ、大きな音が響いた。

フェリクスはシルルカたちとともにロムニスのところに歩み寄っていく。

彼はなにが起きたのか信じられない様子であった。

「どうなっているのだ……？」

ロムニスはこの国で絶大な権力を保持している。思いどおりにならないことなどないのだろう。しかし、それはあくまで国内の話だ。

外に目を向ければ、より大きな存在などいくらでもいる。そこを彼は見誤った。

すっかり腰を抜かしてしまった男に近づき、シルルカは杖《つえ》を奪い取った。

「これは私の父のものです。返してもらいましょう」

大切な父の遺品なのだ。このような男に渡せない。

シルルカはその杖を構えると、幻影の魔導を用いる。

「さあ、いい夢を見させてあげましょう」

ロムニスの絶叫が上がる。その男はどんな悪夢を見せられていることか。

「邪教徒狩りの真相を話してもらいましょうか」

「わ、わかった！　話すから、こいつらをなんとかしてくれえええ！」

どんな亡者が見えているのか、ロムニスは縋《すが》りながら過去のことを話し始める。

「あれを命じたのは上の連中だ！　魔人と結託して戦争を起こしたんだ！」

邪教徒狩りは金を奪い取るためだけのものではなかった。魔人と手を組んでまで戦争をした理由は、精霊王の力を手に入れるためだと言う。

人はこの国を滅ぼしてでもその力を得ようとしており、一方で魔人は彼らを出し抜いて精霊王を奪い取ろうとしていた。

「精霊教も加担していた！　権力を得ようとした連中が何人も群がってきたんだ！　皆がやっていたことで、私だけじゃない！」

ロムニス曰《いわ》く、関与している国がいくつもあるらしい。

オルヴ公国がアルゲンタムの器を持っていたのも、そのときに関わっていたからか。

「人と魔人と、どちらがより醜悪かわかりませんね」

「だが、信念を貫こうとする者もいる」

悪事を働く者には渡すまいとしたのがシルルカの父である。フェリクスの言葉に、彼女は少しだけ表情を緩めるのだった。

そして一つの情報が浮かび上がってくる。

「魔人どもは『銀霊族《ぎんれいぞく》』と名乗っていた」

その中でも精霊王の力を得ようとしていた者たち——おそらくザルッら——は『銀の血族』あるいは『銀血の一派』と呼ばれる血の濃い者たちだそうだ。

「ほかに知っていることは？」

「もうない！　上のやつらが情報を独占していたんだ！」

得られるのはここまでだろう。

ロムニスはそこまでの重要な地位にはなかったようだ。だからこそ口封じで殺されることもなく、今も生き残っているのかもしれない。

やがて幻影の魔導が切れて、ロムニスは正気を取り戻し始める。

「お、お前ら！　私にこんなことをして、どうなるかわかっているのか！」

「どうなるっていうんだ？」

フェリクスが睨《にら》むと男はうろたえる。

続く言葉がなかったのでフェリクスは一歩近づいた。

「や、やめろ！　魔物を抑えているのは我々なんだぞ！　私を殺せば魔物が溢《あふ》れ出す！　お前が民を殺すことになるんだ！　その責任を取れるのか!?」

「この事態を招いた一因は俺にある。だから俺がけりをつけよう」

あのとき、悪党どもを片づけていれば、ここまで状況は悪くなっていなかった。精霊王の力にさえ気づいていれば……。

フェリクスの顔が険しくなる。

ロムニスはとうとう彼の威圧感に耐えきれなくなり、白目を剥いて倒れてしまった。

「さて、こいつには法に則《のっと》って裁きを受けてもらおう。シルルカもそれでいいか？」

「ええ。汚いおっさんをいたぶる趣味もありませんから」

これでシルルカの復讐《ふくしゅう》は果たされた。

彼女は父の遺品である杖《つえ》をぎゅっと胸に抱き、父に思いを馳《は》せるのだった。

こうしてロムニスは逮捕され、少しずつこの国の状況は変わっていく。

そしてその事実が公表されて国中が大騒ぎになった翌日、魔物の巣で銀色が迸《ほとばし》った。

◇

その日、シルルカは実家の墓の前で祈っていた。

戦争の混乱があったから、もはや父がどこに眠っているかはわからない。だけど、この祈りはきっと天国の父に届くはず。

いつも見守ってくれているに違いないから。

（団長さんがそう言ってくれましたからね）

たとえ慰めるための言葉であったとしても、彼の言葉というだけでシルルカは信じられるのだった。

　彼女は立ち上がると、すでに祈りを終えて待っていたフェリクスのところに行く。彼はいつものように優しい顔をしていた。

「団長さん」

「うん？」

「私は父の思いを継ぎ、あの力が正しく使われるように戦いたいと思います」

「ああ。一緒にやっていこう」

　この人と一緒なら、どんな難しいことだってやり遂げられるはず。シルルカはそんな気持ちになるのだ。

　それからシルルカはアムルに向き直る。彼もまた、父の墓参りに来てくれたのだ。

「もう行くのかね」

「はい。やらなければならないことができましたから。今の私の居場所はきっと、ここじゃないんです」

「そうか。君の未来が明るいことを願っている」

「ヴェルンドル王国を……父の故郷をお願いしますね」

「ああ。必ずよくしてみせよう」

　きっと、この国はゆっくりと元の姿を取り戻していく。いつか、それ以上に平和な国になればいい。

そのためにも世界を脅かす存在を取り除く必要がある。

シルルカは歩きだし、実家を発つ。

精霊王を狙う魔人たち、そして権力を得ようと目論《もくろ》む悪を討つために。

「行きましょう、団長さん」

「ああ」

「あ、待ってください！」

手入れされた庭の花を眺めていたリタも駆け寄ってくる。

ヴェルンドル王国の旅は終わり、新たな旅がまた始まろうとしていた。

エピローグ

ジェレム王国の王城にフェリクスたちは来ていた。ヴェルンドル王国での生活もそれなりに長かったため久しぶりだ。

季節は秋の終わりを向かえようとしていた。

「旅行もいいですが、やっぱり我が家が一番落ち着きますね」

「そりゃな……って、ここはシルカの家じゃないぞ」

すでに彼女専用の部屋もなくなってしまった。

とはいえ陛下にお願いすれば、三人の部屋も用意してくれるだろう。最近は特別部隊と言っていいくらい、各地に出向いて仕事をこなしているのだから。

フェリクスがそんな呑気《のんき》なことを考えていると、柱の陰から姿を現す者があった。

「ふ……待っていたわ」

「あ、キララちゃんだ。わざわざ待っていてくれたの？　ありがとう」

「そ、そうね。来るって聞いてたから……」

格好をつけて現れたものの、リタの素直さにしどろもどろになるキララであった。

彼女の隣からアッシュがひょっこりと顔を出す。

「久しぶりにリタさんたちに会えるのが嬉《うれ》しくて、そわそわしていたんですよ」

「アッシュ！　余計なこと言わないの！　……違うからね！」

「そっかあ。よかったね、キララちゃん」

アッシュの口元をむんずと掴《つか》むキララは、リタに笑顔を向けられるのだった。

そんな五人は、友達に会いに行くくらいの気軽さで王のところに向かっていく。

「旅行はどうでしたか？」

「過去の調査や悪党退治ばかりで観光どころじゃなかったな」

「まあ、それが本来の目的ですからね」

苦笑いをするアッシュ。

シルルカは父の思いがわかったから満足だろう。一方でリタにとってはあまり面白くない旅だったかもしれない。

そう思ってフェリクスは尋ねてみる。

「リタはどうだった？」

「悪いやつをいっぱい倒して、英雄になっちゃいました！」

尻尾をぶんぶんと振りながら、「えいっ」と剣で敵を倒す仕草をみせるリタ。大冒険に大満足のようだ。

「リタさんは一人も倒してないじゃないですか」

そんなシルルカの突っ込みは聞いていなかった。

「キララちゃんはどうだったの？」

「そうね……いろんな国に行ったのだけれど、文化や風習が違っていて楽しかったわ」

アッシュをチラッと見るキララ。

「あくまで仕事として行ったんですからね。日頃の団長のように遊んでばかりだったわけではありませんから」

「そっか。アッシュさんも楽しかったんだね」

「どうしてそうなるんですか」

リタには敵《かな》わないアッシュであった。

旅の話に花を咲かせていた五人は、ようやく王トスカラのところに到着した。彼は待ちわびていたようだ。

「よく来てくれたな。長旅、ご苦労であった」

フェリクスたちは騎士の礼をする。リタも今回はバッチリだ。どこかで練習していたのかもしれない。

王トスカラはフェリクスを見据える。

「アッシュから聞いてのとおり、各国で魔人が見られるようになった」

（聞いてないんだけど）

それで二人はあちこちの国に行っていたのだろう。フェリクスはとりあえずもっともらしく頷《うなず》いておいた。

「フェリクス殿の話によれば、『銀霊族』の『銀血の一派』と呼ばれる者たちだそうだな。やつらはもはや姿を隠そうという気はあまりないらしく、積極的に活動しているようだ。焦っているようにも見える」

「精霊王の力を手に入れるため……ですね」

「うむ。やつらを好き勝手にさせてはこの世の終わりだ。必ずや、阻止しなければならない。帰ってきたばかりのところすまないが、また旅立ってくれるか？」

「もちろんです、陛下」

「さすがはフェリクス殿！　頼もしい！」

「ところでお願いがございます」

フェリクスはこれまでにない真剣な表情になる。王も息を呑《の》んだ。

「申してみよ」

「旅費をいただけませんか？　ヴェルンドル王国の旅が長引いたせいで、財布が寂しくなってしまいまして、これでは旅などとてもできません」

頼もしくないフェリクスであった。

とても一国の王にするお願いではないが、彼にとっては死活問題なのである。

「英雄も腹が減っては戦えないものだ。相わかったぞ！」

王トスカラは豪快に笑い、フェリクスはほっとするのだった。

行き先は後ほど相談するとして、ひとまず今後の方針は定まった。

（この翼にかけて、必ずやつらを――）

フェリクスは戦う覚悟を新たにするのであった。

◇

舞い落ちる紅葉よりも赤々とした宮殿があった。

瓦屋根が荘厳で、真っ赤な壁や柱には精霊を模した白銀の装飾が煌《きら》めいている、豪華絢《ごうかけん》爛《らん》な建物だ。

そこにいる者たちもまた、赤と銀の衣服を纏《まと》っていた。上下が繋《つな》がってゆったりしており、全体は赤く、襟や袖、帯は銀色に輝いている。上質で作りもしっかりしていて、上流階級であることを窺《うかが》わせる。

そうした者たちの中に魔人ザルツの姿もあった。

彼は宮殿の奥深くにて跪《ひざまず》いていた。相対するのもまた、真っ白な髪を持つ男である。